Julia Franck
Bauchlandung
Geschichten
zum Anfassen

Julia Franck
Bauchlandung
Geschichten
zum Anfassen

DuMont

Erste Auflage 2000
© 2000 DuMont Buchverlag, Köln
Alle Rechte vorbehalten
Ausstattung und Umschlag: Groothuis & Consorten
Gesetzt aus der Haarlemmer
Gedruckt auf säurefreiem und chlorfrei gebleichtem Papier
Satz: Greiner & Reichel, Köln
Druck und Verarbeitung: Clausen & Bosse, Leck
Printed in Germany
ISBN 3-7701-5365-0

Inhaltsverzeichnis

Bäuchlings 7

Zugfahrt 17

Strandbad 37

Streuselschnecke 51

Für Sie und Ihn 53

Schmeckt es euch nicht? 67

Der Hausfreund 83

Mir nichts, dir nichts 95

Bäuchlings

Ich knie auf dem Parkett vor dem Sofa und beobachte Luise, wie sie schläft. Sie schläft sich den Rausch ihres Geburtstags aus. Draußen Zionskirchplatz ohne Verkehr, auch von der Kastanienallee höre ich wenig. Luise schmatzt im Schlaf, ganz leise, fast unhörbar. Ich streiche über den Saum des Chiffons, der rauh ihren Hals umschließt, rieche sie, ihren vertrauten Geruch, der mich an frischgeschnittenes Gras erinnert, ziehe die rotblonde Locke aus der Falte, die sich am Hals gebildet hat, und suche die glatte Haut ihrer Wangen ab – ob sich schon im entspannten Zustand eine Spur ihrer Grübchen entdecken läßt? – ihre Haut ist von blassen Sommersprossen übersät. Ich liebe Luise. Und noch etwas: Sie ist meine Schwester.

Es klingelt, sie regt sich nicht. Als ich aufstehe, knarrt das Parkett unter meinen nackten Füßen. Über der Lehne des Sofas hängt ihr schwarzes Lederbustier, ich nehme es, der warme Geruch steigt in meine Nase, ich ziehe es an. Meine Brüste haben Platz in den Schalen, beim Gehen stoßen sie vorn an das Leder. Draußen im Flur schlüpfe ich in ihre Schuhe: leichte altmodische Schuhe mit Absätzen, die laut sind und das Parkett zerkratzen, ich drücke auf den Summer und gehe in die Küche, wo über dem Stuhl mein Kleid hängt. Ich streife es über und bemerke, daß die langen Träger des Kleides viel von dem Bustier sehen lassen, aber es ist zu spät, etwas anderes zu suchen. Ich bleibe hinter der angelehnten Tür stehen und lausche in das Treppenhaus, bis ich die Schritte auf dem letzten Absatz höre. Ich öffne.

»Was machst du hier?« frage ich Olek, fast möchte ich sagen: Sie empfängt noch nicht.

»Zu Luise« – sagt er hastig, er möchte zu Luise, fährt sich durch die kurzen verklebten Haare, ich lasse ihn herein, und sein nackter Arm berührt meinen.

»Sie schläft noch«, sage ich und lehne mich an den Rahmen der Küchentür.

»Dann weck sie, es ist wichtig, ich muß sie sehen.«

»Und warum warst du dann gestern nicht da?«

»Bei ihrem Geburtstag? Sie hat mich ausgeladen.« Olek möchte an mir vorbei, ich suche die zufällige Berührung, aber er weicht aus und tritt in die Küche. Der Kragen seines T-Shirts ist etwas schmuddelig, die Sonne hat seinen Nacken gerötet. Ich schließe die Wohnungstür. Sein Blick fliegt über die benutzten Gläser, die überall auf den Fensterbrettern und Regalen stehen. Er dreht sich zu mir um, die Unruhe in seinen Augen amüsiert mich, ich muß an die zwei anderen Liebhaber denken, die gestern unter den Gästen waren und Luise den Abend versüßt haben, bevor sie nacheinander gegangen sind.

»Was ist es denn, was dich so aufregt?« frage ich mit leichtem Spott.

»Der Hund, er wurde angefahren.« Olek sieht mich nicht an, ich erinnere mich, daß Luise ihm vor wenigen Tagen ihren

Hund anvertraut hat, damit die Geburtstagsgäste nicht gestört würden. Er knetet seine Hände, und ich sehe die Adern an seinen Unterarmen hervortreten.

»Warte hier, ich weck sie.«

Ich gehe zu Luise in den Salon. Das Fenster schlägt zu, ich hatte es vorhin geöffnet, um die Nachtluft hinaus und den Tag herein zu lassen.

Sie liegt bäuchlings auf dem Sofa, die Locken fallen über die Lehne bis auf das Parkett, und auch ihr linker Arm hängt herunter. Sie hat den Kopf seitwärts gedreht und auf dem rechten Arm abgelegt. Die kleinen Härchen im Nacken schimmern gegen das Licht, der blaue, durchsichtige Chiffon bildet an der tiefsten Stelle des Rückens eine dunkle Falte, ihr Hintern wölbt sich weiß unter dem Stoff.

»Luise«, flüstere ich, sie regt sich nicht. Ich knie mich erneut vor das Sofa, denke an den verletzten oder toten Hund und daran, wie ich ihr diese Nachricht ersparen könnte. Sie mochte ihren Hund, ganz im Gegensatz zu mir, die ich mir oft gewünscht hatte, er wäre tot und ich mit Luise allein. Ich erinnere mich, wie wir noch jünger waren, vielleicht war ich fünfzehn und sie siebzehn, und wie sie den damals noch jungen Hund mit gegrillten Lammhäppchen fütterte, die auch ich sehr gerne mochte. Ich hatte sie angebettelt, sie möge mir nur ein Stückchen davon abgeben, ein klitzekleines, ein winzig kleines Häppchen, und sie drehte sich zu mir: »Komm, Schwesterchen, süße Schwester, komm«, lockte mich Luise. Sie grinste, und kaum öffnete ich meinen Mund – spürte schon das saftige Fleisch auf der Zunge –, stieß sie mir die Gabel tief in den Rachen. Ich schrie auf, Luise lachte.

Mit dem Kopf voran beuge ich mich tief hinab, fast bis zum Boden, dorthin, wo ihre Hand liegt, und rieche an ihrem Handgelenk, so daß sich die Poren in meinem Mund verengen und Wasser sich sammelt, ich muß schlucken und wandere mit der Nase aufwärts bis zur Armbeuge, dort duftet es nach ihrem Mädchenschweiß und vielleicht nach der Spucke von Hans, dem zweiten Liebhaber von gestern, nach seinen Küssen.

»Luise«, flüstere ich wieder, wobei meine Lippen aus Versehen ihre Armbeuge streifen, so daß sie sich rekelt und einmal schnell ausatmet und ein Auge öffnet, mich ansieht, einatmet, die Lider zu- und wieder aufschlägt.

»Was ist?« fragt sie, sie dreht sich auf die Seite, so daß mir ihre Brüste entgegensehen, auch sie flüstert, als hätte sie mich doch gehört, gehört, daß ich flüsterte, und nun flüstert auch sie, als hätten wir ein Geheimnis.

»Draußen ist Olek.«

»Der?« Sie lächelt, blinzelt und muß gähnen, hält sich vornehm die Hand vor den Mund, und während sie die Hand sinken läßt, kann ich sehen, wie sie sich mit der Zungenspitze von innen gegen die Zähne stößt, dann leckt sie sich über die Oberlippe und fragt: »Was will er?«

Ihre Brustwarze zeichnet sich unter dem Chiffon ab, ich rieche ihr ledernes Bustier aus dem Ausschnitt meines Kleides und nicke unschlüssig: »Dich sprechen, nehme ich an.«

»Sprechen?« Sie lächelt wieder, und ich sehe ihre Grübchen. »Ich mag nicht sprechen, sag ihm das, nein, sag ihm, ich kann nicht, es geht mir schlecht, schlecht, sehr schlecht, ich will ihn nicht sehen!« Jetzt muß sie lachen, daß ich fürchte, Olek könnte sie hören, »keine Lust!« – fast gibt sie das Flüstern auf.

Sie liegt auf dem Rücken und streichelt mit einer Hand über ihre Brust, sie lächelt mich an, dann dreht mir Luise den Hintern zu. Das Hemd ist nach oben gerutscht, und ich sehe ihn, die weißen runden Hügel, die nur von dem Seidenslip getrennt werden. Sie scheint zu wissen, daß mich ihre Blicke verführen, und verfolgt über die Schulter, wie ich jeder ihrer Bewegungen folge und bisher jedem Blick standhalte.

Ich verlasse den Salon und kehre in die Küche zurück. Olek lehnt am Fensterbrett und knetet seine Hände und wartet.

»Sie kann nicht«, sage ich und schiebe den Träger des Kleides zurecht, der oft herunterrutscht, weil meine Schultern nicht gleich hoch sind. Er sieht mich fragend an, ich muß lächeln, ich muß immer lächeln, wenn ich vorhabe zu lügen. Trotzdem sage ich: »Sie fühlt sich krank, hat Kopfschmerzen – Kater ...« Olek sieht mich noch immer fragend an, als überlege er, ob mir zu glauben sei. Er stößt sich vom Fensterbrett ab und macht einen Schritt auf mich zu. Ich fürchte, daß er zu ihr will, stelle mich gegen die Küchentür, gebe ihr mit dem Hintern einen Schubs, so daß sie ins Schloß fällt. Er soll nicht zu ihr, ihr das Lächeln aus dem Gesicht vertreiben, das könnte ich nicht leiden. Er kommt auf mich zu, bleibt dicht vor mir stehen und stützt eine Hand am Türrahmen neben mir ab, sein Gesicht nah an meinem, sein hastiger Atem, die Ader, die unter der Haut am Hals puckert, die andere Hand, die sich bewegt, vermutlich in der Hosentasche verschwindet, ich wage es nicht, meinen Kopf zu senken, seine Nähe macht mir Lust, ich möchte sein Gesicht nicht aus den Augen verlieren. »Du hast es ihr gesagt?« keucht er. Ich schließe kurz die Augen, um mir das Nicken und jede ausladende Geste zu sparen. »Du lügst doch nicht?« fragt er weiter. Wieder schließe ich die Augen. Ich spüre seine Stimme auf meiner Wange, ein Wind, zart, der mich streichelt und jagt. Er sieht geradewegs in meine Augen, und ich, die ich ihm keine Verwirrung zeigen möchte, sehe durch seine hindurch, weit, ich suche nach einem Halt hinter seinen Augen, bis ich ihn habe, und dicht dabei sein Ohr, in das ich beißen könnte, oder meine Zunge in der Muschel versenken, wenn ich nur wollte, und weiter weg Luise, nebenan. Er läßt den Türrahmen los, macht einen Schritt zurück und dreht mir den Rücken zu.

»Ist Luise allein?« fragt er. Seine Stimme flieht.

Ich lache auf, viel zu hell für so eine Frage: »Natürlich ist sie allein.«

»Krank?«

»Ist das nicht egal?«

Er reagiert nicht, hat nichts bemerkt. Mein Blick ist wieder sicher, auch ein Lächeln kommt dazu.

»Möchtest du etwas trinken?« frage ich.

»Habt ihr Eis?«

Ich antworte, indem ich zum Kühlschrank gehe, Eiswürfel heraushole, drei in sein Glas gebe und ihm Wasser dazuschenke. Er lehnt sich vor das Fenster und sieht mich nicht mehr an, statt dessen beobachtet er die Eiswürfel, die leise in dem lauwarmen Wasser knacken. Er könnte einen Eiswürfel zwischen die Lippen nehmen, wie man das so aus Filmen kennt, tut es aber nicht, sondern stellt das Glas aufs Fensterbrett, sieht an mir hinunter, auf meine nackten Beine, und fragt: »Hast du unter dem Kleid etwas an?«

Unwillkürlich muß ich an mir hinuntersehen, auf die nackten Beine, die glänzen, die nackten Füße in Luises Schuhen. Sollte das Kleid durchsichtig sein? Ich muß denken: Was fällt ihm ein? Und: Mit so einem vergnügt sich Luise? Luise? Und sie? Trägt sie unter ihren Kleidern etwas? Und wenn sie sich mit ihm trifft und sich zum Gespräch hinsetzt, am Küchentisch, ein Bein anwinkelt und den einen Fuß zu sich auf den Stuhl zieht, wie sie es häufig macht – was sieht er dann, ihre Schenkel, wie sie schimmern, die glatte Haut, ihr kurzes, rotblondes Haar, das sich unter dem Kleid kräuselt, vielleicht noch tiefer, dorthin, wo es rosa wird und dunkler?

Und ihre Hände, die dabei unschuldig auf Tisch und Bein liegen, die Schultern, nackt, und über allem rote Locken, die auch über ihre Brüste und bis auf den Bauch fallen, und unter allem ihre blanke Haut. »Was ist?« fragt mich Olek. Sieht er sie so?

Ich hebe den Kopf, will weder ja noch nein sagen. Mein Mund ist trocken. Ich gehe zur Spüle, drehe den Hahn auf und trinke. »Und du?« frage ich zurück, als ich den Kopf hebe, den Hahn zudrehe und mir mit der Hand das Wasser vom Gesicht wische – meine Lippen fühlen sich glatt an, sie sind von der Mittagshitze leicht geschwollen – die Partie zwischen Nase und Mund zittert ungewollt, so daß ich die Oberlippe beim Sprechen etwas nach vorne schiebe. »Hast du etwas drunter?«

Olek kommt zu mir an die Spüle, er stellt sich so dicht hinter mich, daß ich mich nicht mehr zu ihm umdrehen kann, und legt seine flache Hand auf meine Hüfte, die Hand preßt den dünnen Stoff auf meine Haut, auf meinem Rücken bildet sich feiner Schweiß, seine Hand läßt nicht los, er sagt nichts, ich denke an Luise, die nebenan schläft, an ihre Brüste, die in denselben Schalen lagen wie meine jetzt, ich rieche Luise aus meinem Ausschnitt, spüre, wie er seine Hand fast unmerklich nach vorne schiebt, über das Becken und wieder zurück, ich spüre die Wärme seines Körpers durch mein Kleid, wie sie das unterste Ende meines Rückens umfängt – ist das sein Atem an meinem Hals? Will er etwas sagen? Sein Atem an meiner Schulter. Ich höre den Stoff, der zwischen uns reibt – und seine Wärme, eine feuchte Wärme, strahlt, kitzelt den Bauch, den Schamhügel, daß sich die Haut zusammenzieht, die Brüste in dem Büstier gegen das Kleid stoßen. Ich kann mich nicht umdrehen. Seine Hand gibt nicht nach. Vielleicht sind Luises Hüften höher, sicher sind sie weicher – und ihr rotes Haar duftet anders als mein schwarzes. Mein Schambein stößt hart gegen den metallenen Rand der Spüle, ich halte dagegen. Ich stelle mir vor, wie er hinter Luise steht, wie seine andere Hand zwischen ihren Backen der Seide folgt, nach unten gleitet, sich hart zwischen ihre Schenkel schiebt, wie er sich an sie drückt, seine Finger an ihr näßt, und wie er ihr Kleid hochschiebt und in sie stößt, während ihre Brüste über dem Spülbecken hängen oder über das Bustier quellen – ich muß lächeln, spüre seinen Atem, halte den meinen an –, und ich sehe ihre Locken in seinen Händen, die Locken, die plötzlich schwarz und meine sind, die fangen seine Hände, und seinen Schwanz, ziehen ihn in mich hinein. Ich umschließe ihn fest, lasse locker und nehme ihn tiefer, dann spüre ich seinen Mund am Haaransatz hinter meinem Ohr, noch immer steht er hinter mir. Seine Hand auf meiner Hüfte wird unerträglich, diese Hand, die die einzige Berührung ausmacht, die alles bringt und alles hält.

Ich atme aus und höre mich leise dabei, zucke zusammen, spüre etwas innen an meinem Schenkel, als rinne dort etwas entlang, stelle das linke Bein fest zu dem rechten, presse die Schenkel aneinander, rutsche dabei ein Stück zur Seite, wo das Metall der Spüle noch kalt ist. »Nein«, sagt er, »ich nicht«, und ich spüre ihn flüchtig, seine Erregung, kurz nur, die meinen Hintern sucht, als ich die Küchentür höre – ich weiß, daß er nackt unter der Hose ist – und ich zur Seite schaue, Luise ansehe, die vor uns steht und ihre Augen zusammenkneift, spüre, wie er zufällig über meine Hüfte streift, sie dabei losläßt und wiederholt: »Ich nicht, ich glaube dir nicht – und sieh mal an, da ist Luise ja«, er seufzt, und ich weiß nicht, ist es wegen Luise, mir oder dem Hund, er wendet sich Luise zu, ich bleibe noch einen Augenblick unbewegt stehen, streiche mir dann mit einer Hand meine Haare aus dem Gesicht, ziehe mein Kleid nach hinten.

»Du bist immer noch da?« fragt sie Olek, ohne ihren Ärger darüber zu verbergen.

»Ich wollte gerade gehen, aber ich muß dir etwas sagen.«

»Schön«, sie hält ihm die Tür auf, sie gehen in den Flur, wechseln Worte. Sein Ton wird entschuldigend und bittend, ihrer abweisend und schroff.

Ich höre, daß sie sagt: »Laß mich jetzt allein, ich muß ein bißchen weinen« und die Tür geschlossen wird. Aber sie weint nicht. Luise steckt ihren Kopf zur Küchentür herein und fragt: »Kommst du? Ich habe uns eine Wanne eingelassen.« Ich könnte ihr folgen – sehen, wie sie ihr blaues Hemd im Flur fallen läßt und im Bad verschwindet. Sie hockt sich in das heiße Wasser, das schnell ihre Haut rötet, die Brustspitzen kräuseln sich, sie werden kleiner und fester. Dann steht sie noch einmal auf und entschließt sich: »Komm, ich mache dir den Reißverschluß auf.« Ich drehe ihr den Rücken zu, und sie zieht den Reißverschluß hinunter, weiter als nötig, ich spüre ihre Finger an meiner Wirbelsäule, das Kleid fällt auf die Fliesen.

Zugfahrt

Ich mag Hochzeiten nicht. Sie geben mir den Eindruck, ich solle mich übriggeblieben fühlen. Die Hochzeit meiner Freundin mag ich schon gar nicht. Mit ihr bin ich zusammen zur Schule gegangen. Vor zwei Jahren fuhr sie nach Italien, verliebte sich – und jetzt ist sie die Frau eines Italieners und ich bin ihre Jugendfreundin aus Deutschland.

Diese Hochzeit läßt mich nicht nur übrig, sie macht mich auch älter und deutsch. Aber ich fahre hin. Ich packe, einen Koffer habe ich noch nicht angeschafft, ich lege mein blaues Kleid in den Rucksack, mein einziges, denn Kleider sind teuer und bevor ich ein neues Kleid kaufen könnte, habe ich eine Flasche Sekt und ein winziges Döschen Kaviar gekauft oder habe einen neuen Tim und Struppi erstanden und meine Schuhe zum Schuster gebracht, zweimal bin ich essen gegangen. Das blaue Kleid wird knittern. Dann gehe ich ins Klo und schütte den Inhalt der silbernen Dose in eine Tasche. Ich habe viele Stifte zum Schminken. Das kommt daher, daß ich früher, wann immer ich in einen Laden ging, eine Art Zwang zum Klauen verspürte – ich konnte kein Geschäft verlassen, ohne etwas mitzunehmen. Schminkstifte boten sich da an: Sie sind klein und besitzen zumindest anfangs eine gewisse Aussicht auf Verbrauch. Ähnlich wie Süßigkeiten, die eignen sich zum Verzehr. Während ich Süßigkeiten immer wieder klaute und noch auf dem Heimweg in den Mund steckte, vergaß ich die Schminkstifte oft in meiner Jackentasche.

Es machte mir keinen großen Spaß, vor dem Spiegel zu stehen. Meistens fand ich mich nicht nur dick und häßlich, das wußte ich bereits und erwartete es auch, sondern vor allem lächerlich, wenn ich mich trotz dieses Wissens selbst ansah. Ich fragte mich dann, warum ich solche Häßlichkeit auch noch schminken sollte – war sie dann besser erträglich? – und damit hatte ich die Angelegenheit oft schon beendet, bevor sie sich entwickeln würde. Hinterher konnte ich mein Tagebuch aufschlagen und mich in Selbstzweifel stürzen. Hatte ich das erst vollbracht, rief ich meine Freundin an und ging bei ihr vorbei. Wir saßen eine Weile herum, überlegten, was zu tun war, dann gingen wir zum Kiosk, klauten Zigaretten und rauchten, das ergab auch ein neues Bild. Wir waren schon erwachsen.

Die Schminkstifte wanderten einer nach dem anderen in die silberne Dose. Da ich ungern Sachen wegwerfe, zumal wenn sie so gut wie neu sind, haben sich eine ganze Menge Stifte angesammelt. Zu besonderen Anlässen, wie diesem, glaube ich dann, ich könnte sie endlich verwenden.

Den Rucksack auf dem Rücken fahre ich mit der U-Bahn zum Bahnhof, steige aus, kaufe mir eine Zeitung und setze mich auf den Bahnsteig. Weil ich noch etwas Zeit habe, gehe ich zu dem Foto-Automaten, hole einen Lippenstift heraus und male meine Lippen an.

Der Zug kommt, ich steige ein. Ich habe eine Platzkarte, denn der Vater meiner Freundin läßt es sich nicht nehmen, die Hochzeit seiner einzigen Tochter bis ins kleinste Detail vorzubereiten. Süßigkeiten und Schminkstifte klaue ich heute nicht mehr, ich kaufe sie auch nicht, ich bin vernünftig geworden, ebenso rauche ich nicht mehr. Wenn ich sündigen will, leiste ich mir eine Zeitung.

Links aus der Spalte von Sitz zu Wand zieht ein kalter Wind. Ich habe meine Beine übereinander geschlagen, die Zeitung darüber, und sehe aus dem Fenster: Telegrafenmaste, Häuser mit Balkonen und Kindern und Blumenkästen. Ich kippe meinen Kopf seitlich gegen die Lehne, die etwas zu hoch für mich ist, und stopfe mir die Jacke in den Nacken.

Es zischt, und der Zug bremst, bremst immer wieder, rollt wieder, rollt schließlich nur noch, neben mir die Gleise biegen sich und blinken gelb in der Gewittersonne, die durch die grauen Wolken bricht, mitten aus den Häusern stößt ein kleiner Bahnsteig, ein zweiter und ein dritter, sie werden breiter, der erste ist schon vorbei, der zweite wird noch breiter, eine Bank, breiter, ein Schild breiter, mit Ortsnamen, breit, und Uhr, rund, Menschen mit Gepäck, die warten, und andere, die winken, ihre Lieben im ankommenden Zug entdeckt haben, eine Frau mit langem Haar rennt neben mir her, ihr Haar hinter ihr, sie ist fast so schnell wie der Zug, sie lacht, es muß der Wind sein, der sie so mitreißt.

Stotternd hält mein Zug, über die Lautsprecher höre ich Durchsagen, der Zug hat ein wenig Verspätung. Das Bahnhofsdach ist aus Glas, ein trübes Licht fällt hindurch und läßt die Menschen grau und die Farben blind erscheinen. Ich sehe die lachende Frau, sie fällt einem älteren Mann in die Arme, sie küßt ihn, es kann ihr Vater sein, oder ihr Liebster.

Als der Vater meiner Freundin, die in Pozzuoli heiraten soll, fragte, warum ich nicht das Flugzeug nehme, es sei doch fast billiger und zudem würde er mir die Anreise zur Trauung zahlen, sagte ich ihm, ich hätte Angst vorm Fliegen. Das war gelogen. Die Gründe fürs Zugfahren sind andere. Anders und länger genieße ich es, Zeit ohne Raum zu haben. Weder hier noch dort und trotzdem Zeit, ich kann unbeobachtet faulenzen, ich kann umherlaufen, wann immer ich will, und fühle mich nicht wie im Flugzeug, wo bei der Fütterung ein ungewolltes Gerangel entsteht und meine Gabel eher in den Mund des Nachbarn als in den eigenen gerät.

Nein, dieser Enge ziehe ich den Zug vor. Ich kann Häuser und Balkone, Blumenkästen und Kinder sehen, und einen Himmel, der, wenn eine Wiese vorbeikommt, sie an ihrem Ende berührt. Und wenn ich ganz genau bin, gibt es noch einen Grund, den zu benennen ich mir bislang noch nicht die Mühe gemacht habe: die Reisebekanntschaft, auf die ich insgeheim bei jeder Fahrt hoffe. Im Flugzeug sitzen nur zwei Leute neben dir, und das so dicht, daß du sie nicht ansehen kannst, im Zug sind es mehr, und der Raum bietet, zumindest auf den ersten Blick, die richtige Größe. Schlimm ist es, wenn ich die ganze Zugfahrt über allein bin, hinterher habe ich den Eindruck, es hätte etwas gefehlt, als sei die Zugfahrt umsonst gewesen, dann fällt mir wieder ein, was ich alles hätte arbeiten sollen, und ärgere mich über meine Faulheit.

Ich bin abergläubisch, nicht richtig, nicht so stark wie als Kind, aber ein wenig doch. Der Aberglaube verbietet es, sich ein Bildnis zu machen. Herkunft, Ohren und Haarfarbe müssen mir im Augenblick der Erwartung egal sein. Hätte ich eine genaue Vorstellung, würde sie nicht erfüllt werden. Das sind die Regeln meines Aberglaubens. Ich will einen treffen, den ich lieben kann. Die Sache hat einen Haken: Kann ich den, den ich daraufhin treffe, nicht lieben, scheint Abneigung mir die einzige Möglichkeit. Auch diesmal sieht es danach aus.

Der Mann, der mit viel Anstrengung, unter der er schnauft und ungeduldig mit sich selber spricht, die Tür aufschiebt und versucht, ein unförmiges Gepäckstück und einen größeren Koffer an sich vorbei ins Abteil zu hieven, hat einen Hut auf, der, als er bei dem Gedränge auf die Schulter rutscht, einen fast kahlen Kopf entblößt, von dem nur einige Haarsträhnen kreuz und quer in die Luft stehen. Ich ahne schon, warum die Haare im Stirnbereich so lang sind. Ich denke mir, da ich seit eben weiß, wie es um meine Sehnsucht nach Liebe steht, werde ich ihn nicht gleich hassen müssen. Ich will sehen.

Er packt seine zwei Gepäckstücke nacheinander mit den großen knochigen Händen und stemmt sie auf die Ablage, dann zieht er sich seine Jacke aus und hängt sie an den Haken.

»Oder darf ich mich Ihnen gegenüber setzen?« fragt er, atmet schwer, lächelt und sitzt bereits. Ich nicke stumm hinterher. Er riecht nach einem Waschpulver, das mir unangenehm in der Nase kribbelt, und daneben hat er noch ein Eau de Toilette oder ähnliches verwendet, das ganz nach Toilette und weniger nach Wasser riecht. Ich denke an den blauen Schaum, Waschpulver, das im Abflußbecken der Spüle blubbert. Seine Geruchshülle bringt ihn nah und macht ihn seltsam steril, unmenschlich. Die Schuhe sind schwarz, langweilig, wie die meisten Herrenschuhe, ohne jede Naht, Gummisohlen, die sprechen weder für den Schuh, noch für dessen Träger. Darüber legen sich graue Socken um dünne Fesseln und eine schwarze Hose sitzt am Bein, fast hätte ich auf Jeans mit Bügelfalte getippt, aber es ist doch eher ein anderer dicker Stoff, die Arme hängen ihm schlaff vom Körper, er hat sie auf dem Schenkel abgelegt. Von den Hosen getrennt, sehe ich dem Mann in die Augen, seine Pupillen ziehen sich zusammen, er guckt über den Rand seiner Brille hinweg, guckt, die linke Pupille zuckt, an der Brille vorbei, lächelt neuerlich und faltet die Hände über dem Geschlecht. Ich habe keinen Grund, sein Lächeln zu erwidern und sehe daher aus dem Fenster. Zwei junge Mädchen lachen und winken, nicht zu mir, Stimmen aus Lautsprechern, er mag mich für hochnäsig halten, Türenschließen, das ist mir egal, der Zug rollt an, sein Waschpulver riecht unangenehm.

Er soll seinen Fuß da unten wegnehmen, der ist mir im Weg, ich passe auf, ihn nicht versehentlich zu berühren. Er muß meine Abwendung falsch verstanden haben, ich nehme aus dem Augenwinkel wahr, wie er mit beiden Händen nach seinem Haar tastet, es an den Kopf drückt, dann aufsteht und in die Innentasche seiner Jacke greift. Er zieht einen länglichen Gegenstand hervor. Ich beobachte ihn in der Fensterscheibe. Er vergewissert sich, daß ich aus dem Fenster sehe, und krümmt seinen Rücken sonderbar nach vorn, um sich vor dem schmalen Spiegel über den Sitzen die ergrauenden Haare zu kämmen, behutsam, Strich für Strich, wie es sein soll. Die langen dünnen Strähnen von vorn liegen über der Glatze, als ich ihn wieder ansehen darf. Wohl frisiert? Ich denke es nur. Er versucht sein Lächeln, lächelt über die schmalen Gläser hinweg, und diesmal kann ich nicht anders, ich lächle zurück, weil ich ihn lustig finde – mehr noch als ihn seine Eitelkeit.

Er faltet wieder die Hände über dem Geschlecht und sieht nun auch ein wenig aus dem Fenster. Ich beobachte es durch die Spiegelung der Fensterscheibe und fühle mich gleichzeitig beobachtet, so daß ich die Zeitung auf meinem Schoß aufschlage und darin lese. Sein Geruch stört mich. Es ist die Hochzeit meiner Freundin, zu der ich fahre, es ist die Hochzeit, auf der ich nicht heirate. Das erleichtert mich, daß sie es tut, denn ich wollte noch nie heiraten. Vielleicht möchtest du deinen Freund mitbringen? hatte mich der Vater meiner Freundin gefragt. Ich hatte gezögert, ich hätte mir gerne einen Freund oder eine Freundin mitgebracht, nur den einen, meinen Freund, den sollte es gerade nicht geben. Und es war mir peinlich, dem stolzen Brautvater mit so einer Kleinlichkeit zu kommen, also sagte ich: Nein, zur Zeit fällt mir keiner ein. Damit war die Sache in Ordnung, denn der Vater ist taktvoll. Allerdings hätte ich gerne jemandem anvertraut, daß ich einen Freund habe. Nur weiß es niemand. Es soll auch keiner wissen. Der Mann hat eine Frau, die sehr lieb ist, und der möchte er nicht weh tun. Solange sie nichts von mir weiß, sagt er, tut ihr nichts weh. Deshalb sind wir in ihrer und anderer Gesellschaft gute Freunde, nur heimlich bessere.

»Woher kommen Sie?« fragt der Mann gegenüber. Meine Lust auf ein Gespräch mit ihm schwindet ins Bodenlose, trotzdem sage ich: »Von hier.« Wir schweigen, ich frage ihn nicht zurück, schließlich weiß ich auch, wo er eingestiegen ist. Ich blättere die Zeitungsseite um.

»Und, was gibt es Neues in der Welt?« Er läßt also nicht

locker. Ich will nicht mit ihm sprechen, er sagt mir nicht zu, entspricht aus verschiedenen Gründen nicht meiner Vorstellung von einer Reisebekanntschaft. Zwar habe ich da keine genaue, wie vorhin erwähnt, aber so einer wie er muß es gewiß nicht sein. Seine Haut ist im Gesicht gespannt und rot, ansonsten fahl, die Körperhaltung eher geduckt, die Arme klemmen dicht am Körper. Sein tauber Atem stößt gegen mich, unwillkürlich ändere ich die Richtung meiner Nase. Er beugt sich ein wenig vor, als wolle er mir helfen, das, was es in der Zeitung zu lesen gibt, wiederzugeben. Ich sage: »Ach, immer das gleiche, man verzinst die Steuern auf Genußmittel nicht richtig, wußten Sie das?«

»Aha«, er lehnt sich zurück und sieht aus dem Fenster. Mir ist, als zwinge er mich damit, weiter in der Zeitung zu lesen. Täte ich es nicht, so würde er mein Lesen als Scheingebaren oder Vorwand deuten. Beides gefiele mir nicht.

Nach wenigen Minuten steht er wieder auf. Er holt aus dem unförmigen Gepäckstück ein kleines ledernes Köfferchen. Er legt es auf seine Knie, öffnet es und kraschpert mit Papier, dann schließt er das Köfferchen wieder, und noch bevor ich es sehe, rieche ich sein Brot mit Leberwurst. Er ißt es, ich schmecke mit ihm, vor allem die weißen Brocken, Knorpel, und ich merke, wie sich vor lauter Abneigung die feinen Härchen meiner Haut aufstellen, meinen Pullover wie einen Schild von mir fortstoßen, als wollten sie verhindern, daß mich sein neuer Geruch ergreift.

Als er fertig gegessen hat, knüllt er das Papier zusammen und öffnet den Abfallbehälter, allerhand Faules entweicht, das Papier verschwindet. Er gibt dem Deckelchen mit der Spitze seines Zeigefingers einen kleinen Stoß, daß es zuklappt. Er steht wieder auf. Meine Zeitung ist nicht fesselnd genug, ich komme über seine Gegenwart nicht hinweg.

Sein Nacken, ganz aus der Nähe, zeigt Reife. Zwischen den rosa Poren, wo der Haaransatz ausrasiert ist, zeichnen sich weiße Pünktchen ab, Knorpel, Fett, das über die Jahre quillt. Die Würmer werden ein Festmahl an ihm haben. Er dreht sich um und streckt mir seine Hand entgegen, in der ein Brot mit Leberwurst liegt. »Möchten Sie?«

Es würgt in meinem Hals, nicht nur Brot und Leberwurst, sondern auch die große Hand, in der beides liegt, erregen meinen Ekel. Sicherlich riecht sie nach einem Gemisch aus Eau de Toilette und Leberwurst.

Die Tür wird aufgeschoben. Ein Mann kommt herein, etwa Anfang Dreißig, mit einem Kind auf dem Arm. Er stellt den kleinen Jungen auf den Sitz neben die Tür. »Ich bin schon fünf«, teilt der Junge mit, keiner antwortet ihm. Der Mann quetscht eine Tasche zwischen das Gepäck des Nackens und sagt zu dem Jungen: »Setz dich.« Der Junge setzt sich. »Und bald werde ich sechs«, sagt der Junge und baumelt mit den Beinen, er starrt den Nacken an, der ihn keines Blickes würdigt. Der Begleiter des Jungen nimmt ihm gegenüber Platz.

»Möchten Sie?« Noch immer hält einer die Hand mit Brot und Leberwurst vor meine Nase.

»Danke, nein, ich habe schon gegessen«, sage ich und nutze die Gelegenheit, die Zeitung beiseite zu legen, braune Sitze, Kinderbeine baumeln, habe schon gegessen, sehe weg, Knorpel, Fett auch unter meiner Haut, und der des Kindes. Der Nacken setzt sich und beißt in das zweite Leberwurstbrot.

Meine Freundin, die in Pozzuoli heiraten soll, hat mir einen einzigen Brief geschrieben. Der kam vor ungefähr drei Monaten, also kurz bevor der Hochzeitstermin endgültig feststand. Sie schrieb: Wie es eben ist, am Anfang haben wir fünfmal am Tag miteinander gevögelt, na, wie so ein Italiener eben zu seinem Ruf kommt, heute fressen wir fünfmal am Tag, das tut auch gut, und ist auch italienisch. Es klang nicht bedauernd. Es läßt sich auch leichter teilen. Unten am Briefrand stand noch: Du müßtest Simone mal kochend erleben, wenn du kommst, lassen wir uns von ihm verwöhnen, das kann er bestens.

Eine ganze Weile hat der Begleiter des Jungen angestrengt auf den Gang hinausgesehen, auf dem sich Menschen mit Gepäckstücken vorbeidrängen, jetzt blickt er vor sich auf den Boden. Er sieht kurz das Kind an, dann seine Knie und wieder den Boden. Auf den Wangen hat er Narben, die letzten Male seiner Jugend.

Nach einer Weile sagt der Nacken: »Na, wollen Sie nicht doch eins? Sie sehen so hungrig drein.« Er lächelt.

»Hungrig? Nein, nein, ich … ich habe nur so geschaut.«

Der Nacken ist nicht zufrieden mit meiner Antwort. »Sie essen aber gern?« will er wissen. Wieder wird die Tür des Abteils aufgeschoben.

»Doch, wie jeder wohl.«

»Nein«, sagt er, »das ist es eben, nicht jeder ißt gern, aber Sie, ich sehe es Ihnen doch an, Sie hätten jetzt zu einem Stück Torte nicht nein gesagt, was?«

Ich setze mich in meinem Sitz zurecht. Wie kommt der bloß darauf, eine Frechheit. Sehe ich etwa wie eine Tortenfresserin aus? Wahrscheinlich, etwas rund hier und etwas süß da, um nicht zu sagen: kremig. Mein Fuß stößt aus Versehen gegen seinen, das Brotpapier segelt ihm vom Schoß und bleibt an meinem Schienbein hängen, er bückt sich vorwärts, zwischen unsere Beine, schaut auf, nimmt das Papier in die Hand und lehnt sich ganz langsam wieder nach hinten, das Papier mit einer Hand, gefaltet, auf dem Schenkel festhaltend. »Was?« Er meint das Stück Torte, ich will ihm darauf nicht antworten. Zumal ich tatsächlich weniger gern Torten als Kekse esse, ein großer Unterschied, wie ich finde. Für den Nacken käme beides aufs gleiche raus.

»Hallo! Sind die beiden Plätze noch frei?« Die Dame klingt schon ein wenig gereizt, sie fragt zum zweiten Mal, niemand hat ihr geantwortet.

»Selbstverständlich«, sage ich, der Nacken mir gegenüber kaut weiter. Die Dame zieht einen kleinen Markenkoffer auf Rollen hinter sich ins Abteil, er klemmt an der Tür, der Mann, der hinter ihr noch im Gang steht, will helfen. Ich kann das auch allein. Die Frau reißt dem Koffer die Leine ab, läßt sich im Schwung neben mich plumpsen und sagt zu dem Mann, der gerade mit dem Kopf zur Tür herein schaut: »Bitte sehr, dann mach du das.« Er macht es. Sobald er alles verstaut hat, wird er sich setzen.

»Na, das hat Ihnen die Sprache verschlagen?« Er ist einfach unersättlich, der reife Nacken.

»Nein, nein, ich …« ich antworte manchmal nur nicht so schnell. Der Nacken scheint sich zu freuen, daß alles wie am Schnürchen klappt. Er stellt Fragen und ich stottere einstweilen dazu, richtig nett haben wir es. Den Rest des Abteils würdigt er keines Blickes.

»Wenn Sie wollen, können wir im Speisewagen ein Stück Torte essen.« Er hat auch das zweite Brot mit Leberwurst aufgegessen.

»Nein danke, ich habe doch gesagt, daß ich keinen Hunger habe.«

»Na hören Sie, dafür braucht man doch keinen Hunger!«

»Sie können gerne gehen, gehen Sie nur! Törtchen essen … vielleicht finden Sie da auch etwas Unterhaltung«, platze ich heraus.

»Nanu, so unfreundlich? Ich habe Ihnen doch nichts getan?«

Ich schweige, und auch er schweigt. Das Kind drückt auf die Knöpfe seines Gameboys, es piept, zischt, manchmal gibt das Kind Laute dazu von sich.

»Meine Frau«, er lächelt, »ist auch oft etwas patzig, das meint die gar nicht so.«

Ich sage nichts. Er überlegt wahrscheinlich, was er noch Gescheites von sich geben könnte, um mich aus der Reserve zu locken.

»Haben Sie ein Eßproblem?«

Ich sehe ihn an, er hat eine Miene aufgesetzt, die anzeigen soll: Du, ich versteh dich, du. Und ich hatte geglaubt, er denkt sich eine Entschuldigung aus! Aber er will etwas ganz Persönliches in Erfahrung bringen.

»Warum sollte ich ein Eßproblem haben?«

»Fast alle Frauen haben eins, wenn Sie keins hätten, wären Sie eine Ausnahme.«

»Dann bin ich wohl eine Ausnahme.«

Ich hasse es, wenn Menschen mir fremde Probleme einreden wollen.

Der Mann an der Tür, der dem Jungen mit Gameboy gegenübersitzt, knetet seine Hände, sein Gesicht verfärbt sich, es wird rot, er beißt sich auf die Lippen, rot und weiß, es sieht aus, als ob er preßt, die Augen klein, er drückt, rot, dann, plötzlich ohne Farbe, entweicht ihm ein leiser Seufzer. Schnell sehe ich mich um, keiner im Abteil scheint etwas bemerkt zu haben, einzig der Gameboy hat aufgehört zu piepen.

»Papi, Papilein!« Der Junge springt von seinem Sitz auf, greift mit den Händen in Papis Gesicht, streichelt und versucht, auf Papis Knie zu klettern. Papi gibt ihm einen kleinen Schubs, und der Junge landet auf Papis Fuß. Der Junge lacht erschrocken. »Papilein!«

»Sie finden sich also schön?« Der Nacken hat mich nicht vergessen, wie sollte er auch, er hat von dem Jungen und seinem Vater noch nichts bemerkt.

»Warum muß ich mich schön finden? Ich denke gar nicht darüber nach.«

»Das glaube ich Ihnen nicht, Sie haben zum Beispiel einen Friseur, das sehe ich an Ihrer Frisur, Sie tragen dünne Strümpfe – und Sie wollen mir erzählen, Sie denken nicht über Ihre Schönheit nach?«

»So ist es.«

Der Mann knurrt, ich habe es genau gehört, erst habe ich gesehen, es sollte ein Lächeln werden, dann habe ich gehört, und es ist ein Knurren herausgekommen.

»Sind Sie immer so patzig?«

Ich antworte ihm nicht.

»Nun, wie Sie meinen, aber Sie müssen zugeben, daß es auch nettere Formen gibt, miteinander ins Gespräch zu kommen ...«

Und während er so vor sich hin plaudert, wohl im Glauben, ich wolle in Wirklichkeit doch ein wenig mit ihm reden, sei nur schüchtern oder sonst in meinem Sitz verklemmt, fühle ich mich schrecklich überfordert von der Blödheit unseres Gespräches. Papi, der im Begriff ist zu weinen, steht mit einem heftigen Ruck auf, nimmt den Jungen auf den Arm und verläßt das Abteil.

Er hat die Tür kaum hinter sich geschlossen, da beugt sich die Dame vor und flüstert zu ihrem Mann.

»Du liebst mich nicht mehr.«

Er schweigt. Sie wiederholt sich.

»Du liebst mich nicht mehr.«

»So ist es«, sagt er, »wir hatten das Thema schon mehrmals, Kitty.«

»Ich glaube dir nicht. Stell dir vor, meine Sehnsucht nach Liebe wäre zu groß. Hieße das, daß die Liebe an sich zu klein wäre?«

»Die Liebe an sich oder speziell meine?«

»Die Liebe an sich, Kurt, denn deine gibt es ja nicht.«

»Ach ja«, seufzt der Mann, der Kurt heißt, und schlägt ein Buch auf.

»Du hörst mir gar nicht zu.« Die Frau, die Kitty heißt, wird wieder ungeduldig.

»Was soll das?«

»Was das soll, das weißt du ganz genau. Ich kenne dich, von Anfang an, du kannst andere Menschen einfach nicht lieben!«

»Kann ich wohl, nur dich eben nicht. Jetzt sei doch endlich zufrieden!«

»Warum denn? Womit zufrieden?« Kitty hält inne, überlegt

einen Moment, dann beugt sie sich wieder vor und schreit: »Du liebst Adam!«

»Das habe ich dir doch gesagt.«

»Und ich? Wen liebe ich? Eva vielleicht?«

»Nein, du kannst keine Eva lieben, du liebst mich.«

»Aha. Ich glaube nicht, daß du Adam liebst.«

Das Paar ist etwa Mitte Vierzig und fein gekleidet.

»Ich glaube nicht, daß du Adam liebst.«

»Du lügst.« Der Mann sagt es ganz trocken, es ist kein Vorwurf, er stellt es fest.

»Ich lüge, wenn ich sage ›Ich liebe dich.‹ Ich lüge auch, wenn ich sage ›nie‹ und ›immer‹. Will ich überhaupt deine Liebe? Will ich sie? Ein Nichts und sonst nichts? Nein, denk das bloß nicht, ich will deine Liebe nicht, sie brächte mich in Verlegenheit, ich hätte ihr nichts zu erwidern. Deine Ablehnung aber, Kurt, hörst du zu? Deine Ablehnung, die Nichtachtung, mit der deine Augen durch die Welt irren und selbst mich nicht mehr wahrnehmen – die verletzt mich zutiefst. Und je massiver du mit Unverständnis, Gleichgültigkeit und Naivität reagierst, desto verlassener fühle ich mich ...«

Kitty beginnt, ihren Worten ein weinerliches Stocken beizumischen. Kurt, der ihr unbewegt gegenübersitzt, löst seine Versteinerung, um ihr ein Taschentuch zu reichen.

»... desto abgelehnter fühle ich mich und desto wütender werde ich. Du, du, du, – merkst du nicht, daß da etwas fehlt? Andere Menschen vielleicht? Jemand neben dir? Erinnerst du dich dann nicht manchmal, daß du eine Frau hattest? Kurt! Hörst du zu? Eine Frau!«

Da Kurt ganz unbeweglich sitzen bleibt, auf den Einband

seines Buches starrt und lächelt, reißt sie ihm das Buch aus der Hand.

»Bis ich Vernichtung durch dich erlebe! Von wegen Zeugung, pah! Wann hast du schon mal was gezeugt.«

»Reiß dich zusammen. Du bist unsachlich. Sei doch froh, daß wir keine Kinder haben, sonst müßtest du jeden Tag noch länger in der Küche stehen.«

Kitty schnappt nach Luft. Ich kann deutlich die Halsschlagader an Kittys Hals erkennen, sie sieht wie aufgeblasen aus, ich bin sicher, man würde das Pochen sehen, wenn sie einen Augenblick stillhielte. Der kleine Junge schließt den viel zu lang geöffneten Mund, rutscht auf seinem Sitz ein Stück zur Seite und holt den Gameboy unter sich vor. Er drückt mehrmals auf einen Knopf, der Laut, den er wieder und wieder hervorbringt, ähnelt einer kleinen Sirene.

»Ich wäre froh, sage ich dir, froh, wenn ich mal eine echte Aufgabe in der Küche hätte.« Kitty seufzt, sie möchte auf die Kinder wohl nicht näher eingehen. »Daß dein Adam dich nicht zurückliebt, hat dir arg zugesetzt, was? Die Leute sind es, es ist dir peinlich vor anderen, was? Kommst alle Abende nach Hause, hallo, sagst du, hallo, sage ich, ruhig bist du, ich habe dich erwartet, nichts hat sich verändert, ich halte ein kleines Abendbrot bereit, gestern saß ich nicht bei dir, du hast es nicht gemerkt. Dann legst du dich in dein Bett und schläfst. Nicht gut, nein, unruhig, weil du Angst hast, es ist dir peinlich vor den anderen, ja, du hast Angst …«

»Angst. Weißt du, wovor ich Angst habe? Vor deinen kalten Schultern und Schenkeln, je später der Abend und je kahler die Wände und das Licht von der Decke deines Zimmers scheint, um so kleiner ist dein Herz geworden, fast unkenntlich, deine kalten Schenkel, zwischen denen nichts als die Entbehrung längst verübelter Zeiten klebt. Du bist widerwärtig. Siehst du nicht, wie deine Schminke abbröckelt, mit der Tusche verschmiert, sieh dich mal an!«

Kitty tut, wie ihr geheißen, öffnet die Handtasche und wimmert leise, sie weint dabei nicht, sie wimmert fluchend, während sie eine goldene Puderdose hervorholt, sie öffnet, sich in dem kleinen Spiegel betrachtet und mit einem Taschentuch die Schminke um die Augen abtupft. Dann klappt sie die Puderdose zu und sieht mich an.

»Was schauen Sie so? Noch nie eine gedemütigte Frau gesehen?« Ihr Blick trifft auch mich, unwillkürlich muß ich lächeln, nicht weil ich sie lustig finde, auch nicht aus Sympathie, vielleicht aus Anspannung. Kittys Gesichtsausdruck glättet sich, noch sieht sie etwas gequält aus, aber sie sagt: »Mein Mann und ich sind Schauspieler, wir üben für das nächste Stück. Kennen Sie es?«

Ich schüttele den Kopf.

»Kommen Sie«, sagt der Nacken und steht auf, »Sie gehen jetzt mit mir Torte essen.« Noch immer schenkt er seiner Umgebung keine Beachtung. Er will meine Hand greifen, ich ziehe sie fort. Ich denke, wenn der mit diesem Eau de Toilette eine Frau hat, die ihm die Leberwurstbrote für die Reise geschmiert hat, und eben diese Frau auch diejenige ist, die ihm die Wäsche mit dem riechenden Waschpulver wäscht, und mit dieser weißen Hand, mit der greift er auch nach seiner Frau, dann kann der unmöglich mich meinen. Der kann mit mir nicht die fraulich bestrichenen Brote verzehren und anschlie-

ßend Torte essen wollen. Er ist nicht der Typ Reisebekanntschaft, die ich gerne machen würde. Kitty flucht, sie hat neben
der goldenen Puderdose auch einen kleinen goldenen Flach-
mann in der Tasche und nimmt einen kräftigen Schluck.

Ich folge dem Nacken raus auf den Gang.

Da lehnt der Vater des Jungen am offenen Fenster und
raucht. Sein Junge steht auf dem kleinen Vorsprung und sieht
aus dem Fenster. »Sieben Kuh, acht Kuh, neun Kuh, zwei
Pferd, zehn Kuh.«

»Hör endlich auf, mich zuzutexten.«

»Elf Kuh, ich zähle Kühe, zwölf, Papi.«

»Hör auf.«

»Aber dann verlier ich welche.«

»Quatsch doch nicht.«

»Kommen Sie endlich? Oder wollen Sie, daß ich Ihnen die
Torte hierherbringe?«

»Du, Papilein.« Der Junge will flüstern, muß aber wegen der
Lautstärke doch etwas rufen: »Du Papilein! Das ist Ehepaar
Nummer fünf, die wollen Torte essen!«

»Na und, laß die doch fressen.«

»Papilein …?«

»Nein.«

»Wollen wir nicht auch Torte essen?«

»Seit wann magst du Torte?«

»Aber im Speisewagen gibt es bestimmt noch mehr Ehe-
paare. Die kann ich zählen!«

Ich sehe mich um, natürlich ist außer mir und dem Nacken
kein anderer Mensch in Sicht, der dem Jungen die Idee vom
Ehepaar eingegeben hätte. Ich denke mir, es sieht bestimmt

komisch aus, wenn man sich vorstellt, ich wäre mit dem Nacken verheiratet. Ich denke, ich will nicht, daß man sich vorstellt, ich wäre mit dem Nacken ein Ehepaar. Ich will ja auch gar nicht mit ihm Torte essen. Er wartet, seine Hand hat meine berührt, als wir uns durch die Schiebetür gezwängt haben, Torte, von der Hand, weiß, kremig, fettig, ein Knorpel, Eau de Toilette. »Nein«, sage ich, »ich komme nicht mit.« Ich lehne mich an die Wand neben den Vater des Jungen. Der Nacken hat es verstanden, er geht in unser Abteil zurück und schließt die Tür hinter sich. Ich stehe neben dem Vater des Jungen. »Fünfzehn Kuh, sech…, siebzehn Kuh. Papi, die kommen zu schnell!«

Sein Vater steht da und sagt kein Wort. Bei dreißig Kuh muß der Junge aufs Klo und sein Vater begleitet ihn. Ich warte. Ich beginne, Kühe zu zählen, es ist gar nicht so einfach. Ich sehe, daß der Himmel die Wiese berührt. Vater und Sohn kommen zurück, ich denke, Männer mit Kindern übernehmen Verantwortung, manchmal, und manchmal sind sie sympathisch. Der Vater des Jungen macht die Tür zum Abteil auf, sagt zu dem Jungen: »Setz dich.« Der Junge und sein Vater setzen sich, und die Tür geht zu. Ich stehe allein draußen auf dem Gang. Ich denke, Männer mit Kindern sind schwierig, sie haben wenig Zeit, für mich. Das Gewitter ist vorbeigezogen, nur eine graue Wand steht am Ende der Wiese und davor Bäume, die von der Sonne angestrahlt werden, giftgrün. Die Tür vom Abteil geht wieder auf. Ich drehe mich nicht um. Neben mir klettert der Junge auf den Vorsprung und zählt: »Eins Kuh, zwei Kuh, drei, vier, fünf Kuh, ein Hase!« Ich denke, ich könnte ihn fragen, ob er mit mir Torte essen will, ich kann mich zurückhalten, ich habe keinen Hunger und er kann hier besser zählen, »Kuh, Kuh, ach Mist, noch mal, eins Kuh, zwei Kuh, drei Kuh«.

Strandbad

Ich mag es nicht, wenn Menschen sich ungefragt in mein Leben drängen. Ich komme gut ohne sie zurecht. Die zwei, drei Freunde, die ich habe, die wissen nicht, daß ich sie Freunde nenne, die reichen mir vollkommen, zu den anderen bin ich einfach höflich. Auch reicht meine Zeit nicht für viele, als Schwimmeisterin arbeite ich im Winter im Stadtbad Nord und jetzt, den Sommer über, im Strandbad. Ich bin gerne Schwimmeisterin. Wenn ich zu den Leuten höflich bin, frage ich sie auch mal, wie es geht, und lächele und gebe mich aufmerksam, interessiert. Manche kenne ich schon länger vom Sehen. Der Mann, der vorne auf dem rostroten Handtuch liegt, den zum Beispiel kenne ich seit einem Monat, seit Anfang der Saison liegt er jeden Tag da. Ich glaube, für einen Strandkorb ist er zu eitel, er sieht sich gerne unter den Augen der anderen bräunen. Unsere Strandkörbe sind hellblau in der einfachen Kategorie und in der gehobenen rot-weiß gestreift. Der Mann auf dem rostroten Handtuch gehört zu den ganz wenigen, die auf der kleinen Liegewiese Platz nehmen, die meisten zahlen gerne dafür, daß sie einen Tag lang einen Strandkorb besitzen und eine gepflegte Aussicht haben. Wir haben auch Sonnenschirme, hellblaue, weiße und rote. Ich sehe immer wieder zu dem Mann hinüber, er gefällt mir, er hat einen schönen Körper, sieht aus, als betreibe er Radsport, schmal ist er, aber schön. Manchmal schaut er zurück, dann sehe ich weg, ich finde es unschicklich, Menschen zu beobachten, zumal wenn sie halbnackt sind, wie hier. Schon als Schülerin bin ich gerne geschwommen und während des Studiums fing ich an im Strandbad zu arbeiten, das gefiel mir gut, ich blieb hier und brach mein Studium vor dem Diplom ab. Ich wäre eine gute Physikerin geworden, hätte meinen Abschluß mit Auszeichnung bestanden. Hätte ich Freunde gehabt, die ich nicht nur als solche bezeichnet hätte, sie hätten mich für verrückt gehalten, aber im Schwimmbad sieht keiner mehr in mir, als ich hier bin, mit dem bin, was ich tue, das ist angenehm.

Wenn ich abends nach Hause komme, bin ich froh, daß ich die Füße hochlegen und in Ruhe meine Fachzeitschriften nach neuesten Forschungsergebnissen durchsuchen kann, mehr will ich vom Leben nicht. Von Zeit zu Zeit fülle ich meinen Kühlschrank, satt bin ich eigentlich immer, und habe ich Appetit, nehme ich mir etwas aus dem Kühlschrank. Nur von Zeit zu Zeit überkommt mich das Bedürfnis, mich menschlich und warm und gesellig zu fühlen. Niemand empfindet mich als menschlich, warm und gesellig. Drüben lachen zwei Frauen, sie hören sich fröhlich an, ich denke, sie könnten glücklich sein. Ihre Kinder spielen am Ufer Fangen, die kenne ich auch vom Sehen. Andere streiten sich und cremen sich gegenseitig den Rücken ein, meist liegt ein Duft von Kokos und Kakaobutter in der Luft. Heute ist so ein Tag, an dem ich mir wünsche, anders zu sein, als ich bin. Ich denke, ich könnte den Mann auf dem rostroten Handtuch ansprechen, der immer alleine kommt und meist alleine geht. Er setzt sich, damit die Sonne auf seinen Rücken scheint, er kugelt seine Schultern, die Muskeln rollen auf und ab. Ich gehe den Hang hinauf und lasse meine Augen über die Menschen schweifen, wieder bleibe ich an ihm hängen, er sieht zu mir, sein Blick ist der eines verlorenen Hundes. Heute ist mir sehr nach menschlich, warm und gesellig, sein Blick berührt mich, ich finde ihn abstoßend und vielleicht deshalb, aus gleichzeitigem Mitleid, auch aus Scham für meinen Ekel, anziehend. Ich weiß, viele finden, ich sehe gut aus, die einen finden es, weil ich blond bin, die anderen, weil an mir was dran ist, vorne wie hinten, ich mache mir nie lang Gedanken, bevor ich einen anspreche. Lange Gedanken finde ich nicht ökonomisch, die Leute werden darüber kokett. Ich gehe geradewegs auf ihn zu, beuge mich hinunter und frage ihn, ob ich ihn anrufen könne. Er scheint nicht erstaunt, sagt ja, er heiße Justus und da habe ich seine Visitenkarte, und er grinst. Er hat Segelohren, die gefallen mir. Ob er seine Brust rasiert? Ich grinse nicht und stecke die Karte ein. Ich werde doch nicht anrufen. In meinen Fachzeitschriften finden sich einige Forschungen zu einem neuen Experiment mit Laserstrahlen. Am Wochenende werde ich ihn im Strandbad wiedersehen. Er wird sein großes rostrotes Handtuch ausgebreitet haben und darauf sitzen, um von der Anhöhe die anderen Badenden zu beobachten, das machen sie alle. Später gehe ich wieder vorbei, er winkt mir zu, das ist peinlich, mir zumindest. Ich werde nicht mehr hinsehen.

Ich gehe zum kleinen Becken, wo ich heute Aufsicht habe, und setze mich an den Rand, die Füße ins Wasser. Das Wasser ist angenehm kühl, auf den Kacheln spiegelt sich in Schlangenlinien die Sonne. Im Frühjahr wurde das Strandbad neu gestaltet. Das kleine Becken ist besonders hübsch geworden. Tiefblaue Kacheln wechseln mit hellblauen ab. Ich mag die Aufsicht hier oben am Becken lieber als die unten am See. Unten ist es hektisch, hier oben sind nur selten vormittags Mütter mit Kleinkindern. Die Zypressen geben Schatten. Am Rand, wo das Wasser überschwappt, trinken Wespen oder warten auf Frischfleisch. Wolken ziehen auf. Ich sehe hinüber zu Justus, dem Mann. Meine Kollegen haben Familien und Freunde, die nehmen sich fast jeden Abend etwas vor. Ich wette, sie finden mich merkwürdig, weil sie wenig über mich wissen, sie denken, ich würde ihnen mein Privatleben verheimlichen. Man glaubt, ich hätte jede Menge Liebhaber. Das stimmt nicht, vielleicht sind es viele im Vergleich zu anderen, die Wochen und manchmal ein Leben mit demselben verbringen, aber ich finde nicht, daß es eine Menge sind. Ich besitze niemanden. Die, die mir gefallen, nehme ich oft gar nicht erst mit, wie den auf dem rostroten Handtuch, den muß ich nicht mitnehmen, ich stelle mir vor, wie er ist. Wenn ich wieder vorbeigehe, wird er mich nach meiner Telefonnummer fragen. Ich stelle mir vor, ich gebe sie ihm. Ich denke mir aus, wie er sich mir zum Freund macht. Ich habe ihn nicht darum gebeten, nie. Eines Abends ruft er an, ich blättere gerade ein neues Fachmagazin durch, das mit eher unwichtigen Veröffentlichungen über die Zusammensetzung von Licht auf sich aufmerksam machen möchte, und sagt, er müsse mit mir reden. Ich lege den Zeigefinger zwischen die Seiten meiner Zeitschrift. Er erzählt mir von seiner ehemaligen Freundin, die ihm weggelaufen sei, weil er noch andere Freundinnen gehabt habe, nicht richtige, aber so halt.

Ich höre ihm zu. Danach sagt er, es sei gut gewesen, mit jemandem zu reden, und verabschiedet sich, er legt auf, ich tue es ihm nach, dabei habe ich nichts gesagt, außer hallo und auf Wiedersehen und dazwischen wenige Male hmm. Drei Tage später ruft er wieder an, die Geschichte mit seiner ehemaligen Freundin geht weiter. Es dauert über eine Stunde, bis ich auflegen kann, zum Schluß nennt er mich eine gute Freundin, die zu haben ihm vieles erleichtere, ich kann ihm nichts erwidern, mir fällt nichts dazu ein. Das dritte Mal ruft er mich am hellichten Tag während meiner Arbeit an, über die Megaphone vom Wachtturm werde ich ans Telefon gerufen. Ich sehe mich um, die rot-weißen Strandkörbe stehen ordentlich da, die meisten sind schon verlassen, es ist später Nachmittag, die Sonne kommt nicht mehr hervor. Auf der Wasseroberfläche treiben Insekten, der Wind schiebt sie an die Nordseite. Ich gehe hinüber und hole den Kescher, um sie aus dem Becken zu fischen. Etwas erschrocken bin ich, denke ich mir, denn man hat mich noch nie auf der Arbeit angerufen und ich habe keine Idee, wer das sein könnte. Der Schwimmobermeister hält mir den Hörer entgegen, ich nehme ihn, und die inzwischen wohlbekannte Stimme von Justus sagt: Ich muß dir unbedingt etwas erzählen. Im Sommerschlußverkauf, ich war nur zufällig da, kam sie mir heute mit so einem Typen entgegen, der war irgendwie häßlich, ungepflegt und so. Ich überlege, ob ich Justus sagen sollte, er solle mich nicht mehr auf der Arbeit anrufen, aber mir fällt seine Dankbarkeit ein, mit der er mich aus jedem Gespräch entläßt, und ich habe ein schlechtes Gewissen. Nachmittags kommt er zum ersten Mal in Begleitung, mit einer Frau, ins Strandbad, sie sitzen gemeinsam auf seinem rostroten Handtuch und essen Wassermelone. Viele Menschen essen im Strandbad, sie bringen ganze Körbe voller Eßzeug mit. Da bleibt immer eine Menge liegen, das sammle ich abends ein und nehme es mit nach Hause, wenn es nicht schon zermatscht und zerflossen ist, fettige Dinge schmelzen und werden unappetitlich. Wäre doch schade, alles wegzuschmeißen. So fülle ich meinen Kühlschrank. Justus bleibt heute angezogen, sie trägt ein schwarzes Bikinihöschen. Als ich vorbeigehe, winkt er mir wieder zu und will – seine Hundeaugen rollen –, daß ich mich zu ihnen setze. Ich tue, wie mir befohlen, höre ihnen aber nicht zu. Meine Lust auf menschlich, warm und gesellig ist über die vergangenen Tage auf dem Nullpunkt angelangt. Ich spüre, wie Justus sich bemüht, mir einen interessanten Eindruck von sich im Gespräch mit einer anderen Frau zu vermitteln. Der Eindruck, den ich haben soll, interessiert mich aber nicht. Die Wassermelone lehne ich ab, dafür biete ich einige Riegel Kinderschokolade an, die ich am Vortag unter einem Müllberg gefunden habe. Bevor ich aufstehe, um am kleinen Becken meiner vernachlässigten Aufsicht Genüge zu tun, schlage ich ihm vor, daß wir uns abends treffen könnten. Um zwölf in der Tomatenbar, sagt er und grinst über den barbusigen Rumpf seiner Begleiterin hinweg, ich muß denken, das macht einen unanständigen Eindruck auf mich. Aber ich nicke im Weggehen. Die Sonne kommt noch einmal kurz heraus. Ich sehe hinüber, sein rostrotes Handtuch liegt leer da. Er wird schwimmen sein, denke ich. Ich denke auch, ich gehe also um Mitternacht in die Tomatenbar. Vorher habe ich mir noch eine Strumpfhose im Spätkauf besorgt und probiere zum ersten Mal seit drei Jahren einen weißen Lederrock an. Er ist mir zu eng geworden, ich muß ihn wieder in die Kommode stopfen. Ohne den Rock hat auch die Strumpfhose wenig Sinn, also ziehe ich sie aus, darüber bin ich froh, weil ich den weißen Lederrock schon seit längerem nicht mehr leiden kann. Wenn ich genau überlege, habe ich ihn noch nie leiden können, nur Mode mochte ich mal, und die Mode den Rock. Auch Strumpfhosen kann ich nicht mehr ausstehen, sie sind mir ebenfalls zu eng, egal in welcher Größe, sie kribbeln unangenehm auf der Haut, ich habe gehört, das soll durchblutungsfördernd und deshalb gut für Frauenbeine sein. Aber ich weiß nicht, warum ich den ganzen Abend kribbelnde Beine mit mir tragen soll, das scheint mir doch etwas lästig. Ich überlege, was Justus wohl anhaben würde, ich schätze ihn eher elegant ein, schon nachmittags hatte er einen oben flachen italienischen Strohhut getragen und weiße Leinenhosen mit weißen Leinenschuhen ohne Socken, eine geleckte Eleganz – eine, die ich außer an ihm noch an keinem gemocht habe. Ich beschließe, mich ihm anzupassen und ziehe meinen schwarzen Anzug an. Wenn ich zappelnde Wespen aus dem Wasser fische, hängt es von meiner Laune ab, was ihnen passiert. Tage wie heute nutze ich zum Töten. Meine Lust auf warm, gesellig und ähnliches macht mich grausam. Andere Tage sind besser für die Wespen, da lege ich sie in die Sonne, in einer Reihe auf die Steine unter der Dusche, die selten benutzt wird. Die Steine dort sind warm und trocken, zwischen ihnen klafft der Lehm in Rissen. Die Wespen krümmen ihre Leiber, das sieht obszön aus, sie tun es langsam und rhythmisch. Wenn die Wespen wieder zu sich kommen, kriechen sie in die Risse und vermehren sich. Auf dem Weg zur Tomatenbar verpasse ich alle drei Busse und beginne zu glauben, ich sollte besser umkehren. Es ist zu spät, weil ich schon auf dem Weg bin, und kaum etwas weniger lieb tue, als umzukehren. In der Bar entdecke ich ihn gleich, er trägt ebenfalls einen schwarzen Anzug und unterhält sich. Ich stelle mich neben ihn an die Bar, berühre leicht seine Schulter, er nickt mir erkennend zu und möchte mich seinen Kumpanen vorstellen, hat allerdings meinen Namen vergessen, den ich ihm schnell zuflüstere, er nennt ihn seinen Kumpanen, die allesamt schwarze Anzüge tragen und Laserforscher sind, drei Stück, zusammen sind wir fünf. Auf die Frage, was ich denn sei, Schwimmeisterin, lachen sie kurz und kräftig. Sie wissen nicht, daß ich fast eine von ihnen geworden wäre, daß ich es nur nicht wollte. Das läßt mich ihrem Lachen zustimmen, da werde ich weich und gütig und fühle mich besser. Noch bevor das kurze Lachen seiner Kumpane vorüber ist, nimmt mich Justus zur Seite und fragt, ob ich mit zu ihm käme. Ich nicke. Er verabschiedet sich, entschuldigt uns, wir gehen. Er hat kein Auto, das stört mich nicht, das paßt zu meiner Herkunft, mehr als unsere schwarzen Anzüge, in denen wir nicht weit zu laufen haben, wie er versichert. Ob ich überhaupt schon etwas getrunken habe, fragt er noch, ich sage nein, aber das brauche ich auch nicht. Er wohnt in einem Neubau am Kanal, gemeinsam mit seiner Mutter, die aber nicht stören werde, wie er sagt, weil sie die meiste Zeit in einer ihrer drei anderen Wohnungen verbringe. Nur eingerichtet sei die Wohnung von ihr, ich solle mich nicht wundern. Im Fahrstuhl sehen wir uns nicht an, das Licht ist grell. Auf der Wasseroberfläche schwimmt reglos eine Hornisse, das ist eher selten. Ich bekomme Gänsehaut, vor allem im Gesicht. Die Hornisse ist mit in den Strom des

Keschers geraten, ich hole ihn heran und hebe ihn raus. Ich gehe hinüber und stülpe das Netz auf den Steinen unter der Dusche aus, eine Wespe versucht zu krabbeln, ihre Flügel sind schwer, kleben durch das Wasser zusammen. Die beiden Frauen, die vorhin so laut gelacht haben, klopfen Sand aus kleinen Schuhen, und ziehen sie den Kindern an. Ich gehe zum Becken zurück und fische weiter. Oben im Gang ist die Neonlampe kaputt, sie flackert. Er schließt die Tür auf, läßt mich eintreten und noch bevor er das Licht anmacht, greift er nach meinem Anzug, die Gänsehaut ist verschwunden, schiebt das Revers beiseite, er drückt meine Brüste mit beiden Händen und beginnt, mir das Hemd aufzuknöpfen. Ich beeile mich, ihm nachzueifern. Sein Hemd ist verschwitzt, unter den Armen und am Rücken, es ist schließlich Sommer und der Anzug, den er trägt, offenbar eher ein warmes Modell, von dem Hemd lasse ich ab. Die Hose öffne ich leicht, auch in der Hose schwitzt er, und sein Schwanz scheint mir heiß und hart zu sein. Ich reibe seinen Schwanz, Justus keucht, mit meinem Hemd ist er nicht sehr weit gekommen. Jetzt hält er sich an mir fest, drückt mich gegen die Wohnungstür und steckt mir seine Zunge ins Ohr. Aber auch davon läßt er schnell wieder ab, keucht und spritzt auf meinen schwarzen Anzug. Er entschuldigt sich für die Eile. Ich sage, schon gut, ich fühle mich begehrt und geehrt wie schon lange nicht mehr, ich denke an seine ehemalige Freundin, von der er mir bei unseren Telefongesprächen erzählt hat, und daran, ob er auch an sie denkt. Es ist angenehm, aus der Körpernähe wieder auszutreten und ein wenig frische Luft zu atmen, noch ist mir sein Geruch nicht vertraut. Ich denke, ich habe es geschafft, ohne Risiko zur

Schwangerschaft, darüber bin ich sehr glücklich, und in diesem Glück versuche ich, als Justus das Licht anmacht, auch über die Konsole aus Holzimitat, die gußeiserne Garderobe mit Lederbügeln, die Puschen in Gestalt von kleinen Hündchen und noch kleineren Schweinchen, und weiter hinten, im Wohnzimmer, in das er mich führt, über die perlmuttfarbene Ledercouch und den rosafarbenen Teppich hinwegzusehen. Ich sehe Justus an und strahle. Was grinst du so wie ein Pfannkuchen? fragt er, er lächelt freundlich. Ich zucke mit den Schultern, als sei ich noch ganz benommen. Aus einer goldenen Schachtel, die unten im Zeitungstisch aus Glas steht, zupft er einige Kleenex und reicht sie mir. Auch seine Hose, die er wieder geschlossen hat, säubert er etwas, dabei hat er so gut wie nichts abbekommen. Er greift nach der Packung Zigaretten, klemmt sich zwei in den Mund, zündet sie an und gibt mir eine. Ich rauche nicht, aber das will ich ihm jetzt noch nicht sagen, also nehme ich sie und tue so, als ob. Dann verschwindet er im Badezimmer. Ich stehe auf dem rosa Teppich und sehe aus dem Fenster. Man kann ganz gut von dort aus über die Stadt sehen. Ich überlege, was ich mit der Zigarette machen soll, einen Aschenbecher kann ich nicht entdecken. Ich bin unschlüssig, ob ich mich schon setzen darf oder vielleicht erst die Schuhe ausziehen soll? Ich höre, wie er die Klospülung betätigt und die Tür von der Toilette aufschließt. Er geht in einen hinteren Raum, öffnet wahrscheinlich den Kühlschrank und kommt mit zwei Flaschen Bier zurück. Ich nehme das Bier und nippe daran, ich will ihm zum Gefallen so tun, als trinke ich Bier, ich will ihn nicht enttäuschen. Er legt zwei Untersetzer auf den Couchtisch, für die Flaschen, stellt einen

Aschenbecher aus geschliffenem Halbedelstein dazu und läßt sich auf die Couch fallen. Er deutet mit dem Kopf neben sich und meint, ich könne mich dorthin setzen. Sowie ich mich gesetzt habe, legt er seine Füße mit Schuhen auf den Couchtisch, lacht und sagt, das mache er immer, wenn seine Mutter nicht da sei. Ob ich schon lange keinen Freund mehr habe, fragt er. Ich sage, nein, ich habe noch nie einen gehabt, er will lachen, überlegt es sich aber noch einmal, raucht statt dessen, und ich frage, wie alt er ist. Er sagt einunddreißig. Dann schweigen wir eine Weile. Ich drücke die Zigarette aus. Er steht auf und dimmt das Licht, so daß wir zum Fenster hinaus über die Stadt sehen können, sie blinkt mit ihren vielen Lichtern. Ich komme mir vor wie in einem Film, gut oder schlecht will ich nicht entscheiden, wichtig ist Film, aber es ist zu spät, ich gebe nicht so schnell auf. Aufstehen und gehen kann ich später ja immer noch. Er sucht vorsichtig mit seiner Hand nach meiner, ich ergreife seine, lehne mich zu ihm, küsse ihn, krieche auf ihn und versuche nicht an den Biergeruch zu denken, den er ausströmt. Wieder öffne ich seine Hose, und packe seinen Schwanz, den ich nur noch wenig in den Mund bekomme. Er läßt es geschehen und wehrt sich auch nicht, als ich ihm das Kondom, das ich in seiner Hosentasche gefunden hatte, überziehe, mich auf ihn setze und auf und ab reite, bis er immer schneller keucht, dann verstummt er plötzlich. Er atmet lautlos und lange aus. Die Arme hängen schlaff neben seinem Körper, ohne mich nur ein einziges Mal umarmt zu haben, in der einen Hand hängt noch die Bierflasche, halbleer. Alles an seinem Körper hängt, er hat seine Augen geschlossen und döst, den Kopf nach hinten über die perlmuttfarbene Couchlehne gehängt. Meine Brustwarzen werden weich. Ich steige ab, zupfe meinen Slip zurecht und ziehe die Anzughose, die nur noch an dem einen Bein gehangen hat, wieder an, schließe den Gürtel, in der Hosentasche finde ich einen Riegel Kinderschokolade, der warm und platt ist, ich wickle ihn aus und lecke ihn vom Papier. Justus hat noch immer die Augen geschlossen, döst, ich hoffe, er ist zufrieden, denn ich zumindest bin es mit mir, wenn auch nicht befriedigt, so doch zufrieden. Ich beuge mich geräuschlos über ihn, ziehe das Gummi von seinem Schwanz und stehe leise auf, um ein neues Kleenex aus der goldenen Schachtel zu nehmen. Als ich das Gummi einwickle, das Papier von der Kinderschokolade dazu, dreht Justus den Kopf zu mir um, er bittet mich, das Gummi nicht in den Hausmüll zu werfen. Ich oder er könnten es später doch mitnehmen und auf der Straße in einen Papierkorb werfen. Ich nicke nur, stopfe das Päckchen in meine Hosentasche und setze mich wieder neben ihn. Er hat die Augen wieder geschlossen und döst. So sitzen wir eine Weile. Ich denke, er muß doch mal aufwachen und etwas zu mir sagen, so etwas wie, ob ich bei ihm bleiben wolle, oder etwas Ähnliches. Da er aber keinerlei Anstalten macht, aus seinem Nickerchen zu erwachen, stehe ich abermals auf. Ich stelle mich vor ihn hin und sehe auf die Uhr, er regt sich nicht, ich gähne, er regt sich noch immer nicht. Ich räuspere mich und sage, ich würde dann jetzt wohl mal gehen. Er blinzelt. Ja, willst du das? Ich zögere, weiß nicht, was ich darauf sagen kann, soll, darf. Ich bin etwas müde, erkläre ich. Er sagt: Ja, das bin ich auch, er schließt seine Augen wieder. Tja, also dann … Ich gehe auf die Tür zum Flur zu und höre, zu meiner Erleichterung, daß er sich erhebt und mir folgt. Wir könnten ja mal

Kaffee trinken, könnte er sagen. Oder: Es hat mir Spaß gemacht, ich würde dich gerne wiedersehen. Es gibt viele Dinge, die ich mir hätte vorstellen können. Aber er fragt: Wo wohnst du? In der Nähe vom Strandbad. Ach so? Soll ich mit zu dir kommen? Nein, ich mag Männer lieber in ihrer Wohnung, nicht in meiner, denke ich. Der Kescher ist wieder voll, ich sehe, daß unter der Dusche auf den Steinen Spatzen sitzen und picken, das machen sie häufig, vielleicht gerne, wenn die Dämmerung kommt. Ich gehe hinüber, sie fliegen auf, sie haben alle Wespen mitgenommen. Ich leere den Kescher. Die beiden Frauen mit den Kindern sind fort. Das rostrote Handtuch ist das einzige, das noch auf der Wiese liegt.

Unten am Ufer haben sich Menschen angesammelt und ein Rettungswagen fährt stumm mit Blaulicht vor. Ich gehe hinunter. Die Menschen haben einen Kreis gebildet. Mein Kollege kniet über Justus. Mitgenommen sieht Justus aus, sein brauner Körper eher grau, die Lippen blau. Er hustet, ein gutes Zeichen. Ich knie mich hin, sein Puls ist da, unregelmäßig, aber da. Mein Kollege sagt, die Gefahr sei vorüber. Kalt ist er. Ich rubble seine Haut ab, jemand reicht ein großes Handtuch, ein anderer eine Decke. Justus ist erschöpft. Daß so einer nicht schwimmen kann, da kommt ja keiner drauf. Herzschwäche? Die Feuerwehrleute nehmen ihn mit in den Wagen. Die Zuschauer verstreuen sich, wir bitten darum, ohnehin ist gleich Feierabend.

Ich gehe den Hang hinauf. Am Beckenrand liegt der Kescher, ich hebe ihn auf und bringe ihn in den Schuppen. Ich schließe die Tür und hänge das Schloß davor.

Streuselschnecke

Der Anruf kam, als ich vierzehn war. Ich wohnte seit einem Jahr nicht mehr bei meiner Mutter und meinen Schwestern, sondern bei Freunden in Berlin. Eine fremde Stimme meldete sich, der Mann nannte seinen Namen, sagte mir, er lebe in Berlin, und fragte, ob ich ihn kennenlernen wolle. Ich zögerte, ich war mir nicht sicher. Zwar hatte ich schon viel über solche Treffen gehört und mir oft vorgestellt, wie so etwas wäre, aber als es soweit war, empfand ich eher Unbehagen. Wir verabredeten uns. Er trug Jeans, Jacke und Hose. Ich hatte mich geschminkt. Er führte mich ins Café Richter am Hindemithplatz und wir gingen ins Kino, ein Film von Romer. Unsympathisch war er nicht, eher schüchtern. Er nahm mich mit ins Restaurant und stellte mich seinen Freunden vor. Ein feines, ironisches Lächeln zog er zwischen sich und die anderen Menschen. Ich ahnte, was das Lächeln verriet. Einige Male durfte ich ihn bei seiner Arbeit besuchen. Er schrieb Drehbücher und führte Regie bei Filmen. Ich fragte mich, ob er mir Geld geben würde, wenn wir uns treffen, aber er gab mir keins, und ich traute mich nicht, danach zu fragen. Schlimm war das nicht, schließlich kannte ich ihn kaum, was sollte ich da schon verlangen? Außerdem konnte ich für mich selbst sorgen, ich ging zur Schule und putzen und arbeitete als Kindermädchen. Bald würde ich alt genug sein, um als Kellnerin zu arbeiten, und vielleicht wurde ja auch noch eines Tages etwas Richtiges aus mir. Zwei Jahre später, der Mann und ich waren uns noch immer etwas fremd, sagte er mir, er sei krank. Er starb ein Jahr lang, ich besuchte ihn im Krankenhaus und fragte, was er sich wünsche. Er sagte mir, er habe Angst vor dem Tod und wolle es so schnell wie möglich hinter sich bringen. Er fragte mich, ob ich ihm Morphium besorgen könne. Ich dachte nach, ich hatte einige Freunde, die Drogen nahmen, aber keinen, der sich mit Morphium auskannte. Auch war ich mir nicht sicher, ob die im Krankenhaus herausfinden wollten und würden, woher es kam. Ich vergaß seine Bitte. Manchmal brachte ich ihm Blumen. Er fragte nach dem Morphium, und ich fragte ihn, ob er sich Kuchen wünsche, schließlich wußte ich, wie gerne er Torte aß. Er sagte, die einfachen Dinge seien ihm jetzt die liebsten – er wolle nur Streuselschnecken, nichts sonst. Ich ging nach Hause und buk Streuselschnecken, zwei Bleche voll. Sie waren noch warm, als ich sie ins Krankenhaus brachte. Er sagte, er hätte gerne mit mir gelebt, es zumindest gern versucht, er habe immer gedacht, dafür sei noch Zeit, eines Tages – aber jetzt sei es zu spät. Kurz nach meinem siebzehnten Geburtstag war er tot. Meine kleine Schwester kam nach Berlin, wir gingen gemeinsam zur Beerdigung. Meine Mutter kam nicht. Ich nehme an, sie war mit anderem beschäftigt, außerdem hatte sie meinen Vater zu wenig gekannt und nicht geliebt.

Für Sie und für Ihn

»Zum alten Borsigsteg« heißt die Kneipe unten in meinem Haus. Der neue Besitzer hat versucht, sie »Watermelon Man« und Bar zu nennen, vergeblich, für mich, die ich seit zwei Jahren in dem Haus lebe, bleibt es »Zum alten Borsigsteg«, und wenn ich mich anders nicht loswerde, mich gerne mitteilen möchte, wie heute, das Auf und Ab in meinen vier Wänden satt habe, gehe ich hinunter und kaufe mir die Aufmerksamkeit des Barmanns. Sonntag, früher Abend. Heute ist der Kleine da, der mit dem knallroten Hemd, eine Farbe, die man nicht trägt, wenn man nicht angesprochen werden möchte. Und ich habe Lust zu sprechen, heute so sehr wie lange nicht.

Draußen sind alle Tische besetzt. Das Arbeiter- und Gefängnisviertel Moabit verkauft sich immer besser. Der morbide Charme lockt. Ich bin froh, daß ich den Lärmenden meinen Rücken zukehren kann, sobald ich an der Bar sitze, und ich bedauere, meine Ohren nicht nach hinten verschließen zu können. Es dauert ein bißchen, bis mich der kleine Barmann im roten Hemd beachtet. Dizzy Gillespie spielt so laut, daß er nur die Augenbrauen hebt, um mich zu fragen, was ich möchte.

»Ein großes Wasser und einen Espresso«, schreie ich. Vornehm hält er mir mit schrägem Kopf sein Ohr hin, um zu zeigen, daß er mich nicht verstanden hat. »Ein großes Wasser und einen Espresso«, meine Stimme knickt ein, ich hatte den Satz zu leise angefangen und versucht, lauter zu werden, als mir möglich ist. Er nickt und geht nach hinten zur Kaffemaschine. Unter der karierten Schürze trägt er Beine mit rotblonden Löckchen. Man kann sie ganz gut hinten durch den Schlitz sehen. Die Kaffeemaschine mahlt die Bohnen, schrappt gegen Gillespie. Kurz darauf stellt der Barmann die kleine Tasse und das Wasser vor mich auf den Tresen. Er lächelt dabei, und ich ergreife die Gelegenheit und rufe: »Kannst du die Musik nicht leiser machen?« Er dreht sich zur Seite, langt mit dem Arm nach der Anlage und erfüllt meinen Wunsch, so einfach ist das. Ich winke ihn wieder heran und er kommt. Ich kann es kaum erwarten, mich mitzuteilen, ihm zu erzählen, was ich soeben gesehen habe.

»Kennst du so einen blassen blonden Mann, etwa dreißig, der hier im Haus wohnt?« frage ich.

Er zuckt mit den Schultern. »Sollte ich?«

»Schon, ich will dir gerade etwas über ihn erzählen. Aber wenn er dir noch nicht aufgefallen ist, wäre das nicht verwunderlich.« Der Barmann lacht, Männer lachen oft, wenn man ihnen etwas weniger Günstiges über einen anderen Mann erzählt, das bestärkt sie in der Hoffnung, besser abzuschneiden. Er sagt, er mache sich auch einen Espresso, ich solle einen Moment warten. Wieder zeigt er mir den Rücken, er hat keinen Arsch, dafür aber einen kleinen Bauch, dessen Ausläufe ich auch von hinten sehen kann, sie wölben sich links und rechts in sanften Beulen über die Schürze, das rote Hemd spannt. Als er mit dem Espresso zurückkommt, greift er nach dem Zucker und schüttet sich mehrmals etwas in die winzige braune Tasse, der Espresso sieht ganz dickflüssig aus, als er ihn mit dem kleinen Löffel umrührt.

»Und?« fragt er.

»Warst du schon einmal hinten im Hof?« frage ich zurück.

Er schüttelt den Kopf.

»Also der ist relativ eng, aber der eine Seitenflügel, in dem ich wohne, der hat kleine Balkone, die im Hinterhaus und die gegenüber haben keine, nur wir.« Der Barmann hört zu und probiert seinen Espresso, greift ein zweites Mal zum Zucker und schüttet nach. »Ich wohne im vierten rechts, also ganz oben. Der blasse Blonde wohnt im dritten links, mir also genau gegenüber.«

»Kennt ihr euch?« fragt der Barmann und probiert erneut seinen Espresso.

»Ach nein, ich wohne seit zwei Jahren in dem Haus und habe nur den Hausmeister kennengelernt, sonst niemanden. Wir grüßen uns nicht mal. Dabei habe ich es anfangs mehrmals versucht, mit dem Grüßen, hat aber keiner hingehört, da habe ich es nicht mehr gemacht. Grüßen tut man lieber nicht, sonst fühlen sich die Leute in ihrer Privatsphäre belästigt.« Der Barmann lächelt zurück, wahrscheinlich stimmt er mir zu, ich fahre fort: »Ursprünglich wollte ich heute nachmittag ein bißchen lesen und mich dafür raus auf den Balkon setzen, solange die Sonne noch nicht hinter dem Ahorn verschwindet und auf meinen ganzen Balkon Schatten wirft. Als ich die Tür zum Balkon öffnete, sah ich, wie schlapp meine Pflanzen über den Rand ihrer Töpfe hingen, und ging noch einmal hinein, um ihnen Wasser zu bringen. Erst als ich zurückkam und sie goß, rutschte mein Blick ganz nach meiner Gewohnheit geradewegs in die Fenster gegenüber. Der Blasse lebt sehr enthaltsam …«

»Warte, warte«, sagt der Barmann, »ist das so einer, der 'n bißchen wie … na, wie Lundegaard aussieht?«

»Lundegaard?«

»Der Typ aus Fargo.«

»Ach so, nein, da würde er ja noch nach was aussehen, nein, nein, der hat längst nicht so große Augen, außerdem ist er wirklich ganz dürr, verhungert, so 'n Jüngelchen – Lundegaard ist der Hausmeister, wenn du den meinst, den ich glaube. Der Blasse ist ein reinlicher Mensch, verbringt jeden Tag mehrere Stunden damit, sich auf seinen möglichen Ausgang vorzubereiten, was verwunderlich ist, weil er an seinem Äußeren nie was ändert. Die ganze Pflege also wendet er auf, um jeden Tag möglichst unverändert auszusehen. Manchmal wechselt er dreimal am Tag die Hosen, die entsprechend alle gleich aussehen. Er badet jeden Tag, manchmal zweimal – ich weiß es, dann ist im Badezimmer Licht, vielleicht eine knappe Stunde, hinterher erscheint er im großen Zimmer, hat den beigen Bademantel an und steht lange vor dem Spiegel, macht Gesichtspeeling, rasiert sich, parfümiert sich, alle paar Tage schneidet er seine Nägel oder dreht sich mehrmals vor dem Spiegel, um sich von vorne und hinten sehen zu können, manchmal öffnet er den Bademantel zum Spiegel hin, weiß nicht, ob er dabei Grimassen schneidet, ich kann den Spiegel ja kaum erkennen. So gut wie nie geht er danach wirklich aus dem Haus, er sitzt jeden Abend vor seinem Computer oder liest, sitzt am Schreibtisch auf so einem ergodynamischen Stuhl, weißt du, die ohne Lehnen. Der raucht nicht und trinkt nicht, nie hat er Gäste, und ein Telefon scheint er auch nicht zu haben – es sei denn, es steht im Flur, der hinten liegt, den kann ich nicht sehen – morgens steht er auf, ißt Toast mit Margarine, vormittags geht er aus dem Haus, und wenn er nachmittags wiederkommt, setzt er sich in den lila Sessel im großen Zimmer, liest eine Zeitschrift, und abends ißt er Toast mit Margarine und einer Boulette aus einer weißen Plastikverpackung. Die weißen Plastikverpackungen stapelt er seit Monaten auf dem Kühlschrank ineinander, man kann sie ganz gut sehen, weil der Kühlschrank gleich neben dem Fenster steht.«

»Du scheinst ihn ja bestens zu kennen.«

»Gar nicht kenne ich ihn, ich weiß nur, was er in seiner Wohnung macht und was er ißt und daß er keinen Bekannten oder Freund hat, zumindest keinen, der ihn besuchen käme, sonst nichts. Ist ja auch langweilig, was der so treibt, ich stehe da nicht und glotze mit dem Fernglas rüber. So Sachen wie mit dem Toast oder dem Computer, das kriegt man halt so mit, da kommt man gar nicht dran vorbei.«

Der Barmann bückt sich, holt zwei Flaschen aus dem Kühlfach und macht der Kellnerin, die neben mir am Tresen wartet, dreimal Apfelschorle.

»Seit ich auf ihn achte«, sage ich, als die Kellnerin weg ist, »und das ist etwa seit Weihnachten der Fall, hat er die Verpackungen von den Bouletten kein einziges Mal entsorgt.«

»Und du hast noch nie mit ihm geredet?«

»Nein, ich rufe doch nicht in den Hinterhof: Hey ihr, kommt doch mal alle raus da, damit wir uns ein bißchen kennenlernen! Einmal haben die Frauen unter mir ein Päckchen für mich angenommen, und mir wollen sie immer Kataloge von einer Frau Köhler aufdrängen, aber die kenne ich doch gar nicht – und ich bin sicher, es wäre uns beiden unangenehm, uns wegen ihrer Kataloge plötzlich grüßen zu müssen. Ich glaube, das ist die Dicke mit den drei Dackeln.«

»Die immer in Jogginghose vor die Tür geht?«

»Genau die. Nein, aber den Blassen, den habe ich zweimal im Hof getroffen, beide Male kam er etwa gleichzeitig mit mir ins Haus. Er nahm keinerlei Notiz von mir, nickte nicht mal, als ich ihm die Hoftür aufhielt. Offenbar fährt er nicht Fahrrad, sonst hätte ich ihn längst mit dem Rad im Hof gesehen.«

»Außerdem würde er dann vielleicht frischer und kräftiger aussehen – den meisten Leuten fehlt Sport«, sagt der Barmann, er hat seinen Espresso ausgetrunken, ich sehe mir meinen an, fühle mit Daumen und Mittelfinger um die Tasse, lauwarm. Ich schiebe ihm die Tasse zu.

»Ich hasse nichts mehr als kalten Kaffee.«

»Soll ich dir einen neuen machen?«

»Später«, ich winke ab, der Barmann soll noch weiter zuhören. »Der fährt bestimmt U-Bahn«, sage ich, »denn er hielt beide Male, als ich ihn nachmittags traf, außer seiner 80er-Jahre-Aktentasche eine Zeitung fest.«

»Vielleicht sitzt er damit am Spreeufer und entspannt sich«, schlägt der Barmann vor.

»Entspannen? Sitzt am Spreeufer und füttert die Schwäne mit seinem Toast? Entspannen? Wovon denn? Ich glaube nicht, daß der einen anstrengenden Job hat, er ist immer nur für fünf oder sechs Stunden aus dem Haus.«

»Wart mal einen Augenblick, ich muß kurz an Tisch sieben, die wollen bezahlen.« Der Barmann nimmt seine Geldbörse aus der Kühlschublade und geht um den Tresen herum zu seinen Gästen. Auf dem Weg stellt er Gillespie noch leiser. Ich fische die Zitronenscheibe aus dem Glas und beiße das Fleisch von der Schale. Der Barmann kommt zurück, stellt die leeren Gläser in die Durchreiche zur Küche und sich wieder vor mich, er zapft drei Warsteiner und zwei Hefe an.

»Du kennst den bestimmt, zumindest vom Vorbeilaufen«, sage ich zu dem Barmann, »der hat so schulterlanges Haar«, ich zeige es ihm, »nach unten hin ist es sehr ausgedünnt, wahrscheinlich hat es seine volle Länge erreicht und kann nicht weiter wachsen.«

»Was?« Der Barmann gießt aus drei Flaschen etwas in den Becher, Eis dazu, Deckel drauf und schüttelt es über seiner Schulter, dabei schaut er gewissenhaft drein, preßt die Lippen aufeinander. Ich warte, bis er mit dem Geklapper an seinem Ohr aufhört, ein Glas aus dem Regal nimmt, mit der nackten Hand Eis hineingibt und den Inhalt des Shakers darüberlaufen läßt.

»Seine Haare, jedes Haar wächst doch nur bis zu einer bestimmten Länge – ich glaube, seins kann nicht weiter. Er hat auch Geheimratsecken«, ich zeige ihm, was ich meine, und streiche meine Locken zurück, »es lichtet sich einfach, hier am Hinterkopf, da kann man schon ganz gut die rosa Haut durch das Haar sehen.«

»Dann kann er ja nicht besonders groß sein, wenn du ihm auf den Kopf sehen kannst«, meint der Barmann.

»So groß wie du etwa«, sage ich.

Der Barmann zapft sein Bier nach und lächelt noch einen

Moment, damit ich nicht glaube, er verstünde keinen Spaß. Etwas ungehalten sagt er: »Na, und was ist dann so Besonderes an ihm?« Er schneidet eine Ananas auf und schmückt das Glas mit einer Fruchtecke und einem kleinen Palmenblatt, das er aus einer Vase im Regal nimmt.

»Heute nachmittag, als ich auf dem Balkon stand, suchte ich ihn in der ganzen Wohnung, erst in der Küche, in seiner natürlich, nicht in meiner, da war er nicht, suchte im kleinen Zimmer mit dem schmalen Bett, da war er auch nicht – und selbst im großen Zimmer konnte ich ihn nicht sehen. Na, dachte ich bei mir, er wird doch nicht ausgegangen sein? Auf der Toilette, die ich wegen dem Milchglas nicht einsehen kann, vermutete ich ihn nicht, da ich bestimmt zehn Minuten auf dem Balkon gestanden und die Blumen gegossen hatte. Zehn Minuten erschienen mir für die Toilette schlicht zu lang. Aber ausgegangen? Am hellichten Tag, das hat er doch noch nie gemacht. Gerade als ich mich umdrehen und die Kanne wieder in die Küche bringen wollte, da sah ich, wie er aus seinem Flur ins große Zimmer gehumpelt kam, dabei machte er so merkwürdige Verrenkungen, ruderte mit den Armen, daß ich meinte, ihm müßte etwas zugestoßen sein.«

»Das Warsteiner!« ruft die Kellnerin meinem Barmann zu und wirft einen verächtlichen Blick auf mich, ich halte ihn von der Arbeit ab.

»Gleich«, er nickt ihr zu, zapft die Gläser nach, daß der Schaum an der Seite des Glases entlangrinnt, und stellt sie zusammen mit dem Ananasglas auf sein Tablett, »einen Augenblick«, sagt er zu mir. Ich halte noch die Luft an, weil ich eigentlich mitten im Satz war, und während der Barmann weggeht, atme ich aus. Ich betrachte die Flaschen hinter dem Tresen. Ob es Designer für die Farbgebungen gibt? Ich meine, welche, die die Farbe eines Getränkes danach bestimmen, in welcher Reihe eines Barregals es üblicherweise stehen wird, welche Farbe ihm besondere Konkurrenz macht und in wessen geschmacklicher Nähe es sich aufhalten wird? Ob man dabei auch auf das Geschlecht der Klientel Rücksicht nimmt? Klare Sachen für Männer? Schwammiges cremiges Rosa für Frauen? Gibt es überhaupt Alkoholika für *Sie* und für *Ihn*? Wie bei Parfums? Der Barmann kommt zurück, er sieht genervt aus, schneidet Orangen in Hälften, die er anschließend, etwas entfernt von mir, auf der Presse ausdrückt. Er stellt das Glas mit dem Saft der Kellnerin hin und kommt wieder zu mir.

»Ich sah also genauer hin, weil er so humpelte, die Kanne in der Hand bin ich an die Brüstung und beugte mich vor, um besser zu sehen. Im nächsten Moment mußte ich zurücktreten, dabei kam ich mit den Fersen an die Metalleiste und bin rückwärts ins Zimmer gestolpert, ich konnte mich gerade so fangen. Einmal im Zimmer, stellte ich die Kanne auf den Dielen ab, mir war ganz heiß von dem Schreck, und ich schlich mich, als könnte mich der Blasse gegenüber hören, was natürlich nicht der Fall war, wieder vor. Und jetzt rate: An seinen Beinen hing eine halbnackte Frau, barbusig, und versuchte ihm die Hose vom Leib zu zerren. Mein guter Nachbar schien darüber nicht wenig erfreut. Er beugte sich zu ihr hinunter und versuchte, sie an den Brüsten nach oben zu ziehen. Ich also lief rasch in mein Badezimmer, nahm den Handspiegel und kroch auf allen vieren auf den Balkon. Dort legte ich mich auf die Decke, die ich mir vorher zum Hinsetzen und Lesen ausgebreitet hatte, und hielt den Spiegel hoch, so daß ich mit ihm über die Brüstung zur gegenüberliegenden Hauswand schauen konnte. Aber die Sonne blendete mich, der Arm wurde sehr schnell sehr schwer und ich konnte nichts erkennen. Also kniete ich mich hin und reckte meinen Kopf langsam über die Blumenkästen, bis ich ihn mit seiner Gefährtin sehen konnte. Bald taten meine Knie weh, ich mußte mir ein Kissen von drinnen holen. Nicht, daß ich vorgehabt hatte, ihn zu beobachten, auch nicht, daß ich häufig meine Nachbarn beim Sex beobachte, aber bei meinem blassen Nachbarn war mir der Anblick vorhin so fesselnd, daß ich erst, als ich zur Toilette mußte und dort zufällig auf die Uhr sah, merkte, daß mindestens eine halbe Stunde vergangen sein mußte.«

Der Barmann hat einen langen Löffel in den Händen und dreht ihn unentwegt, er sieht häufig über meine Schulter hinweg in den Raum hinter meinem Rücken. Ich will mich umdrehen, will wissen, was es da Schönes zu sehen gibt, aber er sagt: »Nein, dreh dich nicht um, da sitzt meine ehemalige Freundin am Tisch. – Ich frage mich, was sie hier will …« Der Barmann schlägt mit dem Hals des Löffels an die Kante seines Tresens.

»Dich besuchen«, sage ich.

»Wohl kaum, ich habe ihr gesagt, ich will sie nicht mehr sehen, außerdem weiß sie gar nicht, daß ich hier arbeite, wir haben uns getrennt, kurz bevor ich hier anfing.«

Ich sehe mir den Barmann an. Er dreht den Löffel weiter und starrt mir über die Schulter. Um seine Aufmerksamkeit zurück auf mich zu lenken, spreche ich weiter: »Die haben es wild getrieben, erst hat sie ihm einen geblasen, da stand er vor seinem geöffneten Fenster, sie kniete davor, und er sah in gerader Linie zu mir herüber, so daß ich einen Moment untertauchte, bis ich dachte, daß es ihm vielleicht wichtig ist, daß ich zusehe. Also stellte ich mich hin, mein linkes Bein war sowieso inzwischen eingeschlafen und konnte Entlastung brauchen. Später nahm er sie von hinten, schmierte ihren Arsch mit Öl ein, die Backen, so daß sie rot in der Sonne glänzten und seine Hände immer wieder an ihr abrutschten, und nach einer Weile ließ er sich von ihr fesseln.«

Der Barmann zwinkert unruhig mit den Augen. »Eine Professionelle?« fragt er.

»Professionelle? Nicht mit dem langen Rock, den sie die ganze Zeit anbehalten hat, der nach oben geschoben wie ein Rettungsring um ihre Taille lag, während sie sich an den Brüsten ziehen, von hinten packen ließ und sich auf seinen schmächtigen Körper setzte, ich war kurz versucht, hinüber zu rufen: Vorsicht! Durchbruchgefahr – seine Knochen konnte ich förmlich knacken hören, unter dem ungewohnten Gewicht seiner Gefährtin. Und den langen Rock stülpte sie sich eher unprofessionell nach oben über den Kopf, nachdem sie ihn mit seinem beigen Bademantelgürtel an den Kleiderschrank gefesselt hatte, so daß er nur einen unförmigen bedeckten Oberkörper, kopflos, und den nackten Unterleib mit Beinen vor sich und bestimmt auch im Spiegel gegenüber sehen konnte. Als ich mir was zu trinken holte, guckte ich aus dem Küchenfenster und sah, wie sie gerade aufstand und wahrscheinlich ins Bad ging, während er, jetzt fessellos, auf seinem lila Sessel saß und vorsichtig seinen halbsteifen Schwanz befühlte.«

»Du konntest sie hören?«

»Manchmal.«

»Meinst du, ich meine, soll ich – kann ich, ich meine, sind die jetzt immer noch zugange?«

»Denk schon.«

»Ich habe in einer halben Stunde Schluß, meinst du«, der Barmann lächelt mich unsicher an, »würde es dir etwas ausmachen, wenn ich – mich bei dir einlade, nachher?« Sein Gesicht hat sich rötlich verfärbt, was zu seiner Hemdfarbe paßt.

Unwillkürlich muß ich daran denken, daß er einen Bauch und keinen Arsch hat, aber wo er mich so nett fragt, antworte ich: »Klar, gerne, soll ich hier auf dich warten?«

Er zuckt unschlüssig mit den Schultern, nickt halb dabei und sagt: »Ich muß mal an den Tisch, da hinten.« Und während er weggeht, scheint es mir, als hätte er ein Hüpfen im Schritt.

Ich beuge mich ein Stück zur Seite, um mich zwischen den bunten Flaschen in dem Spiegel hinter dem Tresen zu sehen. Ich strecke meine Zunge heraus. Designer, die die Farben von Alkoholika bestimmen, könnten auch über die Farben von Zungen entscheiden. Das wäre eine lustige Mode, statt dem ständigen Gepierce und den Tätowierungen wäre es doch aufreizend, den Mund zu öffnen, und zwischen den weißen Zähnen eine tiefblaue oder puterrote Zungenspitze zu zeigen. Das müßte machbar sein, mit etwas Ähnlichem wie Lebensmittelfarbe – haltbar vielleicht nur für einen Tag, oder einen Abend. Im Spiegel sehe ich, wie mein Barmann bei den beiden am Tisch steht und eine Bestellung aufnimmt, die Frau trägt Lippenstift, der haargenau dasselbe Cremeorange wie ihre Pumps hat, selbst die Fingernägel hat sie in dem Cremeorange lackiert. Das ist mir vorher gar nicht aufgefallen. Als der Barmann zurückkommt, will ich etwas sagen, aber er kommt mir zuvor: »Bouletten, ob wir so was haben, daß ich nicht lache.« »Siehst du, jetzt weißt du, wie er aussieht, mein Nachbar. Bei dem du gerade am Tisch warst – das sind die beiden.« »Nein«, sagt der Barmann, »das ist meine ehemalige Freundin, mit einem Bekannten.« Während er das sagt, sieht er mich nicht mehr an, sondern dreht sich um und ordnet die Flaschen im Regal. Sein Gesicht kann ich nicht sehen. Dann bückt er sich. Überhaupt kann ich nicht alles sehen.

»Er sieht wirklich frischer und kräftiger aus«, rufe ich zu ihm hinunter, aber der Barmann will hinter seiner Bar einfach nicht auftauchen.

Schmeckt es euch nicht?

Es gibt auch traurige Anlässe zum Essen. Ein besonders trauriger war der Leichenschmaus meines Großvaters, weil es noch keine Leiche gab. Dennoch will ich nicht sagen, daß es ein trauriges Essen wurde.

Mein Großvater war von Natur aus ein mißtrauischer Mensch. Sein Mißtrauen reichte so weit, daß er meinte, wir, seine Familie, könnten uns bei seiner Beerdigung zerstreiten, so daß es unser letztes gemeinsames Essen wäre. Bei der Gelegenheit fiel ihm ein, daß er zu jenem letzten gemeinsamen Essen nicht anwesend sein könnte. Und weil er diese Vorstellung nicht mochte, er aß gerne und bekam selten genug, sagte er zu meinem Vater, er wolle seinen Leichenschmaus vorziehen. Meinem Vater erschien die Idee albern und würdelos. Er vermutete dahinter die ständige Angst meines Großvaters, zu kurz zu kommen, nicht dabei zu sein und überhaupt viel zu wenig vom Leben gehabt zu haben. Mein Vater sagte ihm, das habe ihn schon sein ganzes Leben gestört und er sehe nicht ein, warum er diesen Auswuchs von Selbstdarstellung auch noch feiern solle, das lehne er ab, auch beim letzten Mal. Doch mein Großvater bestand auf dem gemeinsamen Essen, und die beiden Schwestern meines Vaters meinten, man solle ihm seinen letzten Willen erfüllen.

Am Sonntag, es war der letzte im April, kamen wir im Haus meines Großvaters in Müggelheim zusammen. Ich traf schon gegen neun Uhr morgens aus Hamburg ein. Ich hatte meinen Großvater lange nicht gesehen und wollte ihn gerne noch ein wenig alleine sprechen. Sein Haus kannte ich seit meiner Kindheit. Die Eingangstür war nie abgeschlossen, so daß ich ohne zu klingeln eintreten konnte. Meine Jacke hängte ich an die Garderobe. Es roch anders als früher. Zu den Gerüchen nach Holz, Lack und der sauren Milch, die mein Großvater oft lange aufhob, um sie als Dickmilch zu trinken, hatte sich ein stechend süßlicher gesellt, einer, den ich unvermittelt dem Krebs zuschob.

Der Krebs verursachte meinem Großvater starke Schmerzen. Der größere Tumor befand sich im Hirn, der kleinere im Darm, so daß vom Darm kaum noch etwas vorhanden war. Die Morphine halfen, wie sich in der Familie herumgesprochen hatte, gut gegen die Schmerzen, aber nicht so gut gegen die Angst, die sich in meinem Großvater breitmachte. Ich glaubte, daß diese Angst auf unserer Zusammenkunft lasten würde. Selbst wenn mein Großvater es nicht wahrhaben wollte, hatte sich seine Familie in Wirklichkeit schon lange vor dem Leichenschmaus gänzlich zerstritten. So hatte ich Tante Ruth und ihren Anhang seit frühester Kindheit nicht mehr zu Gesicht bekommen. An ihre Zwillingssöhne, die nicht viel jünger waren als ich, hatte ich keine gute Erinnerung. Die andere Schwester meines Vaters ist seit ihrer Jugend Nonne. Mein Großvater hatte ihr inzwischen wohl verziehen, daß sie

Nonne geworden war und nicht Mutter. Aber ich erinnere mich, wie häufig in meiner Kindheit darüber gesprochen wurde. Man fand, eine Nonne passe nicht in die Familie. In dem Glaubensbekenntnis seiner Tochter sah mein Großvater bloßen Spott, er vermutete in ihm einen niederträchtigen Affront gegen seine früh verstorbene Frau, die Jüdin gewesen war und es bei ihren Kindern zu keiner großen Beliebtheit gebracht hatte.

Da mein Vater weder mit seiner Schwester Ruth noch mit der Nonnenschwester Sibylle etwas anfangen konnte, hatte er sich schnell entschieden, bei dem Essen nicht mitzumachen. Auch Ruth war kurzerhand eingefallen, daß sie nicht kommen konnte. Sie ließ uns wissen, sie müsse dringend zu einem Kongreß.

Meine Schuhe zog ich nicht aus. Der Boden im Haus meines Großvaters gehörte zu den dreckigsten, die ich kenne. Ich klopfte an die Tür seines Schlafzimmers. Da er nicht antwortete, drückte ich leise die Klinke hinunter und trat ein. Er schlief. Er atmete hastig wie ein Säugling. Die Decke war fest um seine Schultern und den kleinen, weichen Körper gesteckt, als sei er zugedeckt worden und hätte sich seither nicht bewegt. Ich strich ihm einige Haare aus der Stirn, sie waren von kaltem Schweiß verklebt. Dann drehte ich mich um und wollte das Zimmer verlassen – als ich neben der Tür meine Tante, Schwester Sibylle, sitzen sah. Sie hielt den Finger auf den Mund, ich sollte nicht sprechen. Während wir rausgingen – sie schloß behutsam die Tür hinter uns –, fragte ich mich, was sie dort wohl gemacht hatte. Es störte mich nicht, daß mein Großvater schlief, wenn ich kam, um ihn noch einmal alleine zu sprechen, aber daß Schwester Sibylle dort das Schweigen bewachte, das gefiel mir nicht.

Mein Großvater wollte, daß wir seinen Leichenschmaus selbst kochten. Zum Kochen hatte er seine Nonnentochter, meine Zwillingscousins und mich bestellt. Er war sicher, Schwester Sibylle würde sich auf keinen Streit einlassen, und er wußte, meine Cousins und ich hatten uns viel zu lange nicht gesehen, als daß wir uns sofort hätten streiten können. Schließlich wußte mein Großvater, daß wir die einzigen Gäste sein würden.

In der Küche wollte mir Schwester Sibylle zeigen, wie ich den Spargel zu schälen hätte. Mit Verwunderung stellte sie fest: »Ach, das kannst du schon?« Wir schälten eine Weile gemeinsam und schwiegen. Dann fragte sie: »Hast du einen Freund?«

Erstaunt hielt ich mit dem Schälen inne. »Ich habe auch ein Kind. Und du, hast du einen Freund?«

Sie krümmte ihren Mund und sah mich eindringlich durch ihre eckige Brille an. »Du weißt, daß wir keine Freunde haben«, dabei blieb das Lächeln, für das ich ihren gekrümmten Mund hielt.

»Langsam, langsam«, sagte ich und lächelte zurück, »ich weiß, daß ihr keine körperliche Liebe leben sollt. Aber Freunde könnt ihr doch haben?« Sie hatte angesichts meines Lächelns aufgehört zu lächeln, heftete ihren Blick streng auf den Spargel und ließ ihn nicht mehr los, ließ meine Frage einfach im Raum stehen. Etwas später, während sie die Spargelschalen in die alte Zeitung wickelte, sagte sie: »Ich hatte vergessen, daß du ein Kind hast. Ich vergesse so viele Dinge, es tut mir leid.« Ich stand auf, um ihr den Mülleimer zu öffnen.

»Das macht nichts«, sagte ich, »ich merke mir auch nur, was ich wichtig finde.« Als ich so dicht neben Schwester Sibylle stand, roch ich ihr Fliederparfum, das ich noch von früher kannte, und ich sah sie mir für einen Moment genauer an. Ich fragte mich, ob sie das Fliederparfum für Jesus trug. Ich bewunderte die dünne Haut, die sie im Gesicht hatte. Ihre Haut war so fein, daß man die Äderchen darin erkennen konnte. Auch wenn mir Schwester Sibylle alles andere als angenehm war, hatte ich plötzlich das Bedürfnis, ihre Wangen zu berühren, ich wollte fühlen, ob die Haut so weich war, wie sie aussah.

Kurz darauf trafen die Cousins Lucius und Remus mit dem Lamm ein. Auf Anweisung des Großvaters hatten sie ein ganzes gekauft, denn mein Großvater liebte Lamm, und dieses letzte Lamm sollte ein ganzes sein. Schwester Sibylle machte Feuer im Kamin. Lucius und Remus, die die kleine runde Statur meines Großvaters geerbt haben, legten ihre Jacken ab und zogen sogleich ihre Schuhe aus. Ihre Socken waren an den Zehen feucht. Ich konnte nicht entscheiden, von welchem Paar Füße der stärkere Geruch ausging. Ich sah Schwester Sibylle an, sie lächelte zufrieden über ihr kleines Feuer, und es schien, als würde sie nichts bemerken. Obwohl noch Vormittag war, wurde es draußen immer dunkler. Regenwetter. Wir vergaßen das Licht anzumachen, vielleicht hatte auch niemand Lust dazu. Schwester Sibylle und ich setzten uns in die roten Samtsessel und sahen Lucius und Remus dabei zu, wie sie sich, auf dem Boden vor dem Kamin kniend, an dem Lamm versuchten. Bei näherer Betrachtung meinte ich, es müßten Remus' Füße sein, die rochen. Lucius gefiel mir. Er blickte von dem Lamm, das Remus auf dem Schoß liegen hatte, hoch und mir geradewegs in die Augen. Ich glaubte zu bemerken, wie sein Blick anschließend auf meine Brust fiel, und wölbte sie ihm vorsichtig entgegen.

Die beiden waren mit ihren Händen und bei dem, was sie mit dem Lamm taten, nicht besonders geschickt. Vielleicht gehen sie noch zur Schule, dachte ich. Remus versicherte uns, er habe sich beim Schlachter erkundigt, und der habe gesagt, der Spieß solle vom Maul durch den Leib und zum After wieder hinaus getrieben werden. Aber so sehr sich Lucius bemühte, es gelang ihm nicht, den Spieß durch den Rachen zu bohren. Die beiden Männer kicherten. Lucius entblößte dabei ein schiefes Gebiß, der eine Schneidezahn befand sich nahezu im rechten Winkel zu dem anderen. Remus meinte, Lucius solle ihn mal ran lassen. Also versuchte Remus sein Glück, aber er hatte keines. Während sich Lucius anstrengte, den gehäuteten Leib des Lamms festzuhalten, kniete Remus vor ihm und stocherte zaghaft im Rachen des Tiers. Ich vermute, er hatte Angst, mit einem allzu heftigen Stoß nicht nur das Lamm, sondern auch seinen Bruder aufzuspießen. Hinzu kam, daß Lucius nun eine gewisse Scheu zeigte, das nackte Lamm anzufassen, und so glitt es ihm wieder und wieder aus den Händen. Jede Unterbrechung nutzte er, mich kürzer oder länger anzusehen.

Schwester Sibylle hatte schon länger nichts mehr gesagt, jetzt fragte sie, ob sie helfen könne. Schließlich sei es bereits elf Uhr und das Essen solle doch um eins beginnen. Sie forderte mich auf, das Lamm festzuhalten, und trieb den Spieß mit einem einzigen Stoß durch die Brust hinein und hinten zwischen den Beinen wieder hinaus. Sie tat das so gekonnt, als würde sie in ihrem Kloster tagein tagaus nichts anderes machen. Ihre zarte Haut war blaß geblieben, die feinen Äderchen verliehen ihr einen vornehmen Ton. Remus schluckte und sagte: »Der Schlachter hat doch gesagt, zum Rachen hinein und zum After hinaus.«

Schwester Sibylle antwortete nicht, sie holte aus der Küche die Flasche Olivenöl und die geschälten Knoblauchzehen, rieb das Lamm mit dem Öl ein und bohrte mit einem Messer kleine Löcher in das Fleisch. Ich half ihr, den Knoblauch in die Löcher zu stopfen. Sie schnürte die Beine des Lamms fest an seinen Leib, und gemeinsam hoben wir das aufgespießte Lamm hoch und hängten es über das Feuer.

Aus dem Schlafzimmer hörten wir Großvater, der nach Schwester Sibylle rief. Sie ging zu ihm.

Ich setzte mich wieder in den Sessel. Lucius und Remus krochen auf allen vieren an das Feuer und streckten ihm ihre Füße entgegen. Sie beobachteten mich.

»Ich hab gehört, du hast ein Kind«, fragte Remus.

»Ja«, sagte ich, »Josefa heißt sie.« Ich streckte meine Beine aus und legte sie überkreuz.

»Wie kann man sein Kind Josefa nennen?« fragte Lucius.

»Warum nicht?« sagte ich, ich hatte keine Lust, mich mit den beiden Cousins über den Namen meiner Tochter zu unterhalten.

»Und wo ist sie?« fragte Remus.

»Bei ihrem Vater in Hamburg. Der mag Familientreffen nicht.«

»Gut«, sagte Remus.

Lucius sah mich unschlüssig an. »Seid ihr getrennt?«

»Nein, warum sollten wir getrennt sein?«

»Na, weil es seltsam ist, daß du sie nicht mitgebracht hast.«
Schwester Sibylle kam zur Tür herein, sie mußte die Tür mit
dem Ellenbogen öffnen, weil sie in den Händen eine Schüssel
hielt. Sie gab der Tür einen Tritt, so daß sie ins Schloß fiel, und
setzte sich neben mich in den Sessel, die Schüssel stellte sie auf
ihren Knien ab. In dem Wasser schwammen zwei Waschlappen. Schwester Sibylle starrte in das Feuer. Sie sagte: »Richtet
euch darauf ein, das Lamm allein zu essen, dem Großvater
geht es nicht gut.«

»Was soll das heißen? Wir kommen extra angefahren und
jetzt will er nicht mitessen?« Remus tat entrüstet, glaubte seine
Empörung aber selbst nicht. Ich hatte keine Lust zu lachen, die
anderen auch nicht.

»Kann ich zu ihm?« fragte ich.

»Nein«, sagte Schwester Sibylle rasch, stand auf und brachte
die Schüssel ins Bad. »Mal sehen«, sagte sie, als sie wieder hereinkam, »vielleicht sieht es in einer Stunde ganz anders aus.«

Bei mir verstärkte sich der Eindruck, daß es Schwester
Sibylle ganz gut gefiel, Bindeglied und Botschafterin zu sein,
zwischen ihrem Vater und dem Rest der Welt, die im Augenblick nur aus uns drei Enkeln bestand. Sie ging in die Küche und
kam mit einem Sack Kartoffeln zurück. Bintje, mehligkochend. Ich mag mehlige Kartoffeln gar nicht, aber inzwischen dachte ich nur darüber nach, wie ich den Leichenschmaus, bei dem ich meinen Großvater womöglich doch nicht
sehen würde und für den ich eigens aus Hamburg angereist war,
möglichst schnell hinter mich bringen könnte. Ich bot an, beim
Kartoffelschälen zu helfen. Schwester Sibylle lehnte ab. Während Remus ins Feuer blickte, sah mir Lucius unverhohlen in

den Ausschnitt. Ich schaute zurück und tastete mit meiner Hand nach dem obersten Knopf, öffnete ihn und ließ die Hand auf dem Dekolleté liegen. »Heiß ist es hier am Feuer«, sagte Schwester Sibylle, ohne aufzublicken. Lucius sah mir in die Augen. Die anderen störten uns nicht, Schwester Sibylle schälte die Kartoffeln, Remus starrte ins Feuer, das Lamm brutzelte, und wir sahen uns an. Schwester Sibylle sagte zu Remus, er solle Öl über das Lamm gießen. Remus tat, wie ihm befohlen.

Schwester Sibylle stand auf und ging mit den Kartoffeln in die Küche. Lucius rückte vom Feuer ab und näher zu mir. Der Geruch von Lamm und Knoblauch überdeckte jetzt die Käsefüße, aber ich mußte trotzdem darüber nachdenken, wessen es waren.

»Einer von euch hat Käsefüße«, sagte ich. Remus drehte sich zu uns um, grinste und zeigte auf Lucius. Lucius grinste nicht, zeigte aber auf Remus. Ich glaubte Lucius. Schwester Sibylle kam herein und legte die frischgebügelte Tischdecke über den Tisch. Da wir nur zu viert waren, höchstens zu fünft, mußten wir den Tisch nicht ausziehen. Zwanzig Minuten später, der Tisch war gedeckt, Remus goß in der Küche die Kartoffeln ab und Lucius stocherte in dem Lamm, nutzte ich die Gelegenheit, daß Schwester Sibylle mit ihrer Béarnaise beschäftigt war, und sagte: »Dann hole ich mal den Großvater.«

»Nein«, sagte Schwester Sibylle wieder rasch.

»Doch«, sagte ich, schloß die Küchentür hinter mir und eilte in das Zimmer meines Großvaters.

»Es duftet!« sagte mein Großvater.

»Wir haben das Lamm mit Knoblauch gespickt«, sagte ich. Er stülpte seine Lippen nach außen und nickte anerkennend.

Der süßliche Geruch in seinem Zimmer nahm mir fast den Atem. Mein Großvater saß im Bett, hob mit zwei spitzen Fingern das Ende seiner Decke an und schaute darunter, dann spreizte er die Fimger, so daß die Decke zurück auf seine Beine sank. Auch wenn er es nicht ausdrücklich sagte, freute er sich wohl, mich zu sehen. Ich fragte, ob ich ihm helfen könne. Er schüttelte den Kopf, hob wieder seine Decke an, schaute darunter, lächelte und ließ sie wieder sinken. Ich schob ihm die Gehhilfe ans Bett und hängte seinen Katheter an den Griff. Mein Großvater reichte mir beide Hände, sie waren kühl. Dann ließ er meine Hände los. Er winkte mich näher zu sich heran. Ich beugte mich zu ihm und streckte ihm mein Ohr entgegen. Er kam mit seinem Mund näher, ich konnte den Atem spüren, und er flüsterte:»Ich darf keinen Zucker mehr.« Ich nickte, er beugte sich erneut zu meinem Ohr und sagte:»Auch keinen Saft. Tust du mir einen Gefallen?« Ich nickte noch einmal, und er flüsterte:»Wenn du die Balkontür öffnest, siehst du dort rechts hinter dem Kübel mit den Tulpen eine Flasche Apfelsaft. Würdest du mir die geben?« Ich sah ihn an, sah, wie er die Augen senkte, während er lächelte, und drehte mich um.

Hinter dem Kübel hatte er unter einer Plastiktüte zwei Flaschen Apfelsaft versteckt. Ich nahm die eine und gab sie ihm. »Willst du ein Glas?« Er schüttelte den Kopf, öffnete die Flasche, hob sie an den Mund und trank. Er trank die halbe Flasche leer, ohne abzusetzen. Mein Großvater war Gärtner gewesen, er hatte trotz der Krankheit noch Kraft in den Armen. Er gab mir die Flasche, und ich stellte sie auf den Balkon zurück. Ich nahm die Strickjacke, die am Fußende seines Bettes lag, und zog sie ihm an.»Strickjacke? Kalt?« fragte er.

Ich nickte. »Hast du starke Schmerzen?«

Er nickte.

Wir traten gemeinsam in den dunklen Flur. Ich hätte meinem Großvater vielleicht sagen sollen, daß er sich nicht beeilen müsse, aber ich sagte nichts, ich hörte das Schnarren der Gehhilfe und wünschte mir, daß der Flur länger wäre – ich überlegte, was ich meinem Großvater noch sagen könnte oder er mir – der Flur sollte so lang sein, wie er mir als Kind erschienen war, als ich mich nicht traute, durch ihn hindurch zu gehen, weil ich mir nicht vorstellen konnte, daß ich am anderen Ende wieder herauskäme. Mir kam in den Sinn: Ich begleite ihn bei seinem Gang zur letzten Fütterung. Aber das wollte ich nicht sagen. Als ich mit meinem Großvater am Ende des Flurs angelangt war, an der Tür, die in das Kaminzimmer führte, hatten wir kein Wort gesprochen. Ich öffnete die Tür und ließ ihn an mir vorbei ins Zimmer treten. Lucius stand vom Boden auf und begrüßte meinen Großvater: »Opa, lang nicht gesehen! Wie gehts dir, Mensch?« Mein Großvater wackelte ein wenig mit dem Kopf, was nicht viel bedeuten mußte, und trat, das Laufgerät vor sich her schiebend, zu seinem Platz, ich half ihm, sich zurechtzusetzen. Schwester Sibylle kam mit der Sauciere herein, gefolgt von Remus, der die Kartoffeln und den Spargel trug.

Schwester Sibylle legte meinem Großvater eine Kartoffel auf den Teller, und der Großvater sagte: »Noch eine.«

»Du ißt doch eh nicht mehr«, sagte Schwester Sibylle, sie hörte sich gequält an.

Mein Großvater wiederholte mit lauter Stimme: »Noch eine.«

Sie gab ihm die zweite Kartoffel, und er wiederholte, was er soeben gesagt hatte, so daß sie ihm eine dritte geben mußte. Er wiederholte die zwei Worte so lange, bis auf seinem Teller acht große Kartoffeln lagen. Für jeden von uns blieb noch eine Kartoffel übrig. Schwester Sybille sah uns nicht an, als sie die Kartoffeln verteilte. Sie nahm den Spargel und wollte ihrem Vater gerade zwei Stangen auf den Teller legen, da sagte er nein und hielt die Hände über seinen Teller. Zwischen seinen Fingern quoll der Dampf der Kartoffeln empor. Schwester Sibylle schwieg. Sie verteilte den Spargel an uns. Lucius stand auf, er schnitt mit bekannter Ungeschicklichkeit an dem Lamm herum und bot meinem Großvater etwas davon an. Zur Freude meines Großvaters waren einige Teile des Lamms noch blutig. Die wollte er haben. Ehe die Teller von uns anderen gefüllt waren, begann er zu essen. Die erste Kartoffel teilte er noch mit der Gabel und schlang sie in sich hinein, dann legte er das Besteck zur Seite, nahm eine Scheibe vom Lammbraten in die Hand und biß zu, er tunkte das Fleisch in die Béarnaise, biß erneut ab und stopfte sich schließlich mit der ganzen Hand das Fleisch in den Mund. Bisher hatte er uns nicht weiter beachtet, doch nun schaute er hoch, seine Backen waren prall gefüllt, so prall, daß er sie kaum bewegen konnte. Er versuchte etwas zu sagen, dabei fiel ihm ein Brocken des Fleisches aus dem Mund. Rasch stopfte er ihn mit der Hand wieder zurück. Schwester Sibylles Gesichtsausdruck versteinerte. Sie faltete die Hände und murmelte etwas. Lucius und Remus starrten den Großvater an. Bevor er aber etwas sagte – worauf wir warteten –, stopfte er sich mit der rechten Hand eine weitere Kartoffel und mit der linken mehr Fleisch in den Mund. Roter Saft lief dabei aus seinem Mundwinkel das Kinn herab. Schwester Sibylle hörte nicht auf zu beten, Großvater stopfte sich weiter Essen in den Mund, und ich schnitt dem Spargel seine Köpfe ab, sah immer wieder meinen Großvater an und überlegte, ob ich ihm wohl behilflich sein könnte. Mein Großvater stopfte, kaute, stopfte, kaute, schluckte, bis der Berg vor ihm abgetragen war. In geduckter Haltung verharrte er über seinem leeren Teller und sah uns an. Auf seiner Stirn bildeten sich Schweißtropfen, er wischte sich mit einer Hand über die Lippen und sagte: »Die Kartoffeln waren zu weich.«

Ohne ihn anzusehen, sagte Schwester Sibylle: »Bintje, deine Sorte.«

»Wer sagt das? Ich habe keine Kartoffelsorte. Die Kartoffeln waren zu weich.«

Lucius räusperte sich: »Warum hast du so schnell gegessen, Opa, wir haben doch Zeit.«

Unser Großvater sah Lucius an, dann Remus, dann wieder Lucius, schaute, als würde er ihn eben zum ersten Mal sehen oder seit langer Zeit wieder, und dann sagte er: »Ich nicht.«

»Doch«, sagte Schwester Sibylle und legte, ohne ihn eines Blickes zu würdigen, ihre Hand auf seine, »doch, auch du, Vater.«

Er schüttelte die Hand ab: »Ihr seid doch alle verrückt, Kinder! Ihr denkt, das geht hier immer so weiter. Aber nicht mit mir, hinter mir ist er her, der Tod, mich hat er schon am Schwanz!«

Remus kicherte und verschluckte sich dabei, er mußte husten.

Großvater sah zu Remus hinüber, der Schweiß rann ihm in

einem feinen Rinnsal die Schläfe herab, dann sah er auf seinen Teller. Er lächelte, ein zartes, entspanntes, seliges Lächeln. »Es ist schön«, sagte mein Großvater, ohne den Blick von Remus zu wenden, »euch noch einmal zu sehen, schön, schön, daß es euch gutgeht, schön zu sehen. Es geht euch doch gut? Aber warum eßt ihr denn nicht? Schmeckt es euch nicht?«

Er ließ sich seinen Teller ein zweites Mal füllen, diesmal nur mit Fleisch, weil es keine Kartoffeln mehr gab, und schlang weiter, während der Schweiß von seiner Stirn tropfte, das Hemd erst unter den Armen und – wie ich später bemerkte – auch auf dem Rücken feucht wurde. Nachdem er seinen Teller geleert hatte, schob er ihn von sich und wollte allein in sein Zimmer zurückkehren, keiner von uns durfte ihm helfen, nur die Strickjacke durfte ich ihm über dem nassen Hemd zurechtrücken. Auf dem Flur erbrach er sich, was aber, wie er mir später versicherte, nicht an dem Essen gelegen hatte, vielmehr erbrach er sich zu dieser Zeit täglich, es gehörte dazu. Auch wenn er nichts aß, mußte er sich übergeben, was ihm keineswegs angenehmer war. Er ließ das Erbrochene liegen und ging zurück in sein Bett. Ich wischte es weg, Schwester Sibylle sollte nicht alles alleine machen müssen. Und bevor ich das Haus verließ, ging ich noch einmal in das Zimmer meines Großvaters. Der süßliche Geruch ließ mich den Atem anhalten. Es roch nicht nach Erbrochenem, ich meine, es roch nach Krebs. Diesmal war die Decke über ihm nicht festgesteckt und Schwester Sibylle lauerte nicht hinter der Tür, sie wusch in der Küche das Geschirr. Es sah aus, als würde mein Großvater schlafen. Ich ging zu ihm, setzte mich auf sein Bett und streichelte seine Schulter. Er öffnete die Augen zur Hälfte und schaute vor sich hin. So saßen wir fast eine Stunde. Ich konnte mich nicht von ihm wegbewegen. Ich glaubte, er müßte mir noch etwas sagen. Er schwitzte. Er hielt seine Augen geöffnet und den Mund geschlossen. Ich beugte mich zu ihm hinunter, legte meinen Kopf neben ihn auf das Kissen und sah ihn an, aber er wollte meinen Blick nicht erwidern. Ich hob meinen Kopf und hielt mein Ohr ganz dicht an seinen Mund. Ich wartete.

Ehe ich aufstand und aus der Tür ging, aus der Wohnungstür, um zurück nach Hamburg zu meinem Freund und unserer Tochter zu fahren, mit dem Bild vor Augen, wie er vor sich hinstarrte, preßte ich noch einmal mein Ohr an seinen Mund, er schob seinen Mund zur Seite, damit die Luft an meinem Ohr vorbeigehen und er sprechen konnte, und mein Großvater sagte: »Ich habe Angst.«

Der Hausfreund

Mein Vater liegt im Bett. »Wo ist Mama?« frage ich ihn. Er gähnt, stöhnt und zieht sich die Decke über den Kopf. Das Bett neben ihm ist leer. »Sie ist im Bad und macht sich schön«, murmelt mein Vater in die Decke. Ich lasse ihn in Ruhe, er arbeitet oft nachts und wir nehmen dann den ganzen Tag über Rücksicht. Im Bad steht meine Mutter, die Zahnbürste steckt in ihrem Mund, sie bürstet ihre langen schwarzen Haare. »Darf ich?« frage ich und stelle mich auf die Zehenspitzen, um an ihren Arm und die Bürste zu reichen. Ich liebe es, die Haare meiner Mutter zu kämmen, sie sind dick und schwer wie die Mähne eines Pferdes. Ich kann mir vorstellen, daß ich ihr Fell striegele, fast erreicht meine Hand die Bürste. Aber meine Mutter nimmt ihren Arm höher und sagt, wir haben keine Zeit. Meine Mutter trägt ein fliederfarbenes Nachthemd. Ich mag alle Farben, die meine Mutter mag. Ich setze mich auf den Rand der Badewanne und versuche mit meinen nackten Zehen die Wand gegenüber zu erreichen. »Laß das«, sagt meine Mutter, »zieh dir lieber Strümpfe an, es ist kalt, und willst du den Rock anbehalten?« Ich nicke, es ist mein Lieblingsrock. Daß sie das ständig vergißt, sie muß ja immer an soviel denken. Meine Mutter denkt gerne viel und seufzt manchmal, wenn ich sie dabei unterbreche und ihr meinerseits etwas erzählen möchte. Ich warte dann, bis der geeignete Augenblick da zu sein scheint. Meine Mutter schüttelt den Kopf, nimmt die Haare zusammen und steckt sie hoch. Sie beugt sich zu mir und öffnet den Hahn am Badeofen. Das Wasser strömt auf die gelben Ränder in der Wanne. Dampf steigt auf, die Hitze riecht salzig. Meine Mutter zieht ihr Nicki aus, und ich sage ihr, daß sie wie Morgan aussieht, die durch den Nebel von Avalon schreitet.

»Rück mal ein Stück«, sagt meine Mutter und drückt gegen meine Knie, damit ich auf dem Badewannenrand ein Stück zur Seite rutsche. Sie hockt sich vor den Badeofen und öffnet die kleine eiserne Tür. Sie bückt sich nach vorn, pustet und zündet sich an der Glut eine Zigarette an. Sie pustet noch einmal. Die Kohlen glimmen auf. Ich halte mir die Nase zu. Meine Mutter lacht und sagt, ich solle machen, daß ich rauskomme.

Im Kinderzimmer ist der ganze Boden mit Papierschnipseln übersät. Gelbe, rote, schwarze. Meine Schwester Hanna sitzt auf dem Teppich, sie kaut auf ihrer herausgestreckten Zunge und pult beflissentlich einen gelben Schnipsel von meiner Fahne.

»Nicht«, schreie ich.

»Doch«, sagt sie, »wenn man das abmacht, ist das eine West-Fahne.«

»Du sollst das nicht abmachen«, sage ich zu ihr.

»Das sieht sowieso doof aus«, behauptet sie, »man kann das gar nicht richtig erkennen.«

Es klingelt.

»Ich gehe«, ruft Hanna, läßt meine Fahne fallen und springt auf. Ich schubse Hanna zur Seite, als ich sie kurz vor der Tür einhole. Draußen steht Thorsten und lacht uns an. Er breitet die Arme aus, aber wir wollen nicht hineinspringen, wenigstens ich nicht, weil er seine Fellweste wieder anhat, und überhaupt kommt er immer dann, wenn wir mit unserer Mutter etwas unternehmen wollen.

»Mama badet«, sage ich zu Thorsten.

»Und Papa schläft«, sagt Hanna.

»Ach so«, Thorsten kommt zur Tür rein, »dann mache ich noch einen Kaffee, bis sie fertig ist, wollt ihr auch was?« Er tätschelt mir und Hanna über den Kopf. Wir folgen Thorsten in die Küche und zeigen ihm, wo der Kaffee steht.

»Ich will Sirup mit Wasser«, ruft Hanna, sie springt auf Thorstens Schoß. Thorsten gießt Hanna Sirup ins Glas und fragt mich, ob ich auch möchte. Ich schüttele den Kopf.

»Wir haben heute aber keine Zeit«, teile ich Thorsten mit, und da sein Schoß jetzt besetzt ist, möchte ich lieber nachsehen, was meine Mutter macht und wann wir losgehen können. Als ich ins Badezimmer komme, wäscht sie sich gerade die Achseln. Ihre Brüste sind voller Schaum, so daß man die Brustwarzen gar nicht erkennen kann.

»Soll ich dich abduschen?« frage ich meine Mutter, aber sie möchte das gern selbst machen, weil ich immer gleich alles naß spritze. Sie trocknet sich ab und fragt, ob der Papa noch schläft. Natürlich. »Dann lassen wir ihn schlafen, da freut er sich, wenn er mal ein bißchen Ruhe hat.« Meine Mutter schlüpft in ihr rotes Samtkleid und schminkt sich die Lippen.

Sie hat einen dunkelroten Lippenstift, den mein Vater sehr gerne hat, und ich auch. Meine Mutter ist die Schönste.

»Soll ich dir die Haare kämmen?« frage ich.

»Ach was«, meine Mutter lacht und öffnet die Haarspange, »die sind gut so.« Die Haare fallen ihr über die Schultern und reichen fast bis zur Taille. Vielleicht sollte ich ihr sagen, daß Thorsten da draußen in der Küche sitzt und ich nicht will, daß er mitkommt. Aber meine Mutter würde das nicht verstehen wollen, weil sie Thorsten schon immer kennt und sich freut, wenn er kommt, und auch immer so komisch lacht, wenn mein Vater zu ihr sagt, daß der Hausfreund wieder da gewesen sei und einen Zettel an der Tür hinterlassen habe. Und mein Vater lächelt dann auch. Wir haben ja viele Hausfreunde, aber Thorsten kommt in letzter Zeit einfach zu oft, und ich überlege, ob ich meiner Mutter das mal sagen sollte, schließlich hat sie es vielleicht noch gar nicht gemerkt, sie muß ja immer an soviel denken, daß ihr manche Dinge gar nicht auffallen. So wie sie gestern abend auch vergessen hatte, uns ins Bett zu schicken, und wir dann bis nachts um eins spielen konnten. Meine Mutter sprüht sich etwas aufs Handgelenk.

»Was ist das?«

»Opium.« Sie lacht geheimnisvoll und flüstert: »Von Onkel Klaus aus dem Westen.«

»Du riechst viel besser ohne Parfum«, sage ich meiner Mutter. Sie streicht mir über den Kopf und schiebt mich vor sich aus der Tür. In der Küche schleicht sie sich an Thorsten heran und hält ihm ihre Hände vor die Augen, und er tut so, als wisse er nicht, wer sie sei. Dann beugt sie sich über ihn und drückt ihr Gesicht in seins. Daß Thorsten uns oft besucht, kann ich gut verstehen.

Thorsten sagt, er habe meiner Mutter etwas mitgebracht. Er drückt ihr etwas in die Hand. Ich will zu gerne sehen, was es ist, aber sie möchte es nicht zeigen. Sie lacht und nimmt einen Schluck Kaffee aus Thorstens Tasse.

»Können wir?« fragt er. Meine Mutter sagt zu uns: »Husch, husch, zieht eure Schuhe und Jacken an, und sagt dem Papa tschüß, aber leise.«

Ich frage meinen Vater, ob er nicht doch mitkommen will, alle Leute sind am Ersten Mai auf der Straße und feiern, sogar die Volksarmee kommt und Erich Honecker und alle haben rote Nelken und freuen sich, und wir haben in der Schule schon vor Wochen die Fahnen gebastelt, schließlich kommt sogar Thorsten mit. Hanna bläst in ihre Triola. Ob er nicht die Trommeln hört? Komm, sage ich, und versuche ihm die Decke wegzuziehen. Nein, mein Vater möchte, daß wir allein gehen, damit er ein bißchen schlafen kann. Meine Mutter kommt herein, küßt meinen Vater auf den Hals und flüstert ihm etwas ins Ohr, er umarmt sie, und ich versuche zwischen die Arme von den beiden zu gelangen, auch ich umarme meinen Vater, bis er sagt, daß er keine Luft mehr bekommt, aber ich lasse ihn nicht los, er kitzelt mich am Bauch und an den Armen, einfach überall. Hanna ruft: »Ich auch, ich auch.«

Ich würde gerne bei meinem Vater bleiben, aber meine Mutter sagt, wir sollten Rücksicht nehmen, und sie zieht mich und Hanna aus dem Zimmer. Bevor sie die Tür schließt, sehe ich noch, wie mein Vater sich die Decke über den Kopf schlägt. Er ist bestimmt froh, daß wir endlich gehen.

Im Flur steht Thorsten und bietet Hanna seine Schultern an. Ich nehme die Hand meiner Mutter, in der anderen Hand halte ich die Fahnen.

In der S-Bahn will ich aus dem Fenster sehen und neben mir soll meine Mutter sitzen. Aber sie möchte nicht, sie flüstert mit Thorsten und dann sprechen sie russisch, damit wir sie nicht verstehen.

»Immer müßt ihr so geheimnistuerisch sein«, sagt Hanna. Thorsten und unsere Mutter lachen über uns. Meine Nelke geht wieder vom Stiel ab, und ich versuche sie festzustecken, bis Thorsten sie mir aus der Hand nimmt und behauptet, er könne sie ganz machen. Aber er schafft es nicht und gibt mir statt dessen seine.

Am Alex steigen wir um. Hanna und ich würden gerne dableiben. In dem Brunnen baden Kinder, und wir wollen auch baden. Aber unsere Mutter sagt, wir würden erst zu Thorsten gehen, da gebe es auch den Stabilbaukasten, den wir so mögen. Wir wollen lieber mit unseren Fahnen zu der Musik und dasein, wo alle anderen Menschen sind. Unsere Mutter verspricht uns, daß Thorsten bunten Puffreis zu Hause hat.

Thorsten nickt und sagt, er habe auch Sirup. Uns bleibt ja eh nichts anderes übrig. Deshalb muß ich noch längst nicht Thorstens Hand nehmen, ich will nur die meiner Mutter. Meine Mutter hat ihren Pelzmantel an, obwohl es schon warm ist und sie schwitzt. Auf dem Bahnhof krieche ich unter ihren Mantel. Meine Mutter riecht gut. Hanna versucht durch den Mantel meinen Kopf zu fühlen, und ich strecke beide Fäuste nach außen, damit sie die für meinen Kopf hält. Wir fahren mit der U-Bahn und steigen nach wenigen Stationen aus.

Thorstens Wohnung ist klein, und es riecht. Das sind die Mülltonnen, erklärt Thorsten und zeigt nach unten in den Hof. Ich glaube, es ist Thorstens Fellweste, aber das will er natürlich nicht zugeben. Hanna und ich bekommen eine Schale mit Puffreis auf den Küchentisch gestellt. Wir teilen sie nach Farben auf. Rot ist meine Lieblingsfarbe, Grün ihre. Thorsten nimmt meine Mutter an die Hand und zieht sie in sein großes Zimmer und schließt die Tür. Hanna möchte, daß ab heute Rot ihre Lieblingsfarbe ist und ich mir eine andere aussuche. Sie spinnt, das kommt gar nicht in Frage, Rot war schon immer meine, daran kann ich jetzt auch nichts ändern. Wir können hören, wie meine Mutter und Thorsten kichern. Da hätten sie gar nicht die Tür zumachen müssen. Hanna ist langweilig, sie hat keine Lust zu spielen. Wir wollen endlich los. Ich gehe zu der Tür, hinter der Thorsten und meine Mutter verschwunden sind. Sie klemmt, ich versuche mehrmals die Klinke, aber die Tür will nicht aufgehen.

»Mama!« rufe ich. Hinter der Tür ist es ruhig. Hanna kommt zu mir und drückt gegen die Tür.

»Geht nicht«, sage ich.

»Mama!« ruft Hanna jetzt lauter. Hinter der Tür bleibt es still. Ich trete mit dem Fuß gegen die Tür und rüttele an der Klinke, Hanna trommelt im Takt mit ihren Fäusten an die Tür und ruft fröhlich abwechselnd: »Mama! Thorsten! Mama! Thorsten! Mamathor stenma mathorstenma ma!«

Dann hören wir Schritte und die Tür springt auf. Ich falle auf die Knie und Hanna über mich drüber.

»Warum macht ihr denn die Tür zu?« frage ich, als unsere Mutter lacht und sagt, wir sollen aufstehen. Sie steht mitten im

Raum, und Thorsten, der uns aufgemacht hat, setzt sich auf das Bett. Er zieht einen Strumpf an.

»Wir wollen jetzt endlich losgehen«, sagt Hanna und springt auf Thorstens Schoß. Thorsten fragt meine Mutter, ob sie ihm seine Schuhe geben könne, und sie hebt die Schuhe unter dem Tisch auf und bringt sie ihm ans Bett.

»Ich zieh dir die Schuhe an, ja?« bietet Hanna ihm an, wie Schweinebaumel läßt sie sich rückwärts von seinem Schoß zu Boden fallen und versucht, ihm so die Schuhe anzuziehen. Meine Mutter muß mal Pipi, ich folge ihr. Sie sagt, ich solle draußen warten. Zu Hause darf ich immer mit rein.

»Wir essen erst mal was«, beschließt meine Mutter, als sie aus dem Bad kommt. Sie möchte Risibisi kochen.

»O nee, ich dachte, wir gehen zum Ersten Mai.«

Thorsten sagt, man könne nicht zum Ersten Mai gehen, das sei ein Tag und kein Ort oder eine Person. Thorsten weiß alles immer ziemlich besser, deshalb ist er auch ziemlich doof. Ich habe keine Lust, bei Thorsten zu sein. Jedesmal wenn wir bei Thorsten sind, will meine Mutter dableiben und es wird häufig ganz spät, bis wir gehen können. Wir mußten sogar schon mal bei Thorsten schlafen, weil es Nacht wurde und keine U-Bahn mehr fuhr.

Meine Mutter steht am Herd und brät Zwiebeln. Sie sagt, daß wir heute abend eine Überraschung vorhaben, und deshalb sollten wir gut gegessen haben. Thorsten stellt einen flachen Karton auf den Boden und meint, wir dürften jetzt mit seinem Stabilbaukasten spielen. Aber ich habe keine Lust und Hanna auch nicht.

»Was für eine Überraschung?« frage ich meine Mutter.

»Eine Überraschung ist eine Überraschung«, sagt sie und fängt an zu singen. Thorsten steht neben meiner Mutter und riecht an ihren Haaren, dann sagt er leise etwas zu ihr, das ich nicht verstehen kann.

»Thorsten muß gar nicht so tun«, flüstere ich Hanna ins Ohr. Hanna dreht sich zu den beiden um.

»Ich glaube, Thorsten hat Mama lieb«, flüstert Hanna zurück.

»Na und, deshalb müssen wir doch nicht den ganzen Tag hier bei Thorsten in der Wohnung sein.« Ich halte mir die Nase zu und tue so, als müsse ich gleich brechen. Das findet Hanna auch. Obwohl ich mir nicht sicher bin, ob sie ihn nicht heimlich genauso lieb hat, schließlich springt sie immer gleich auf seinen Schoß, wenn meine Mutter da nicht sitzt.

Wir sollen zum Tisch kommen und essen, sonst gibt es keine Überraschung.

»Na und, ist mir doch egal«, sage ich, und verschränke die Arme. Thorsten spielt mit Hanna Flugzeug, er füttert sie, dabei ist sie gar kein Baby mehr.

»Was guckst du denn so böse?« fragt er mich.

»Ich guck nicht böse«, erkläre ich ihm und drehe ihm den Rücken zu. Jetzt ist es schon dunkel draußen und wir waren nicht beim Ersten Mai. Thorsten macht mich wirklich wütend, der versteht einfach gar nichts.

»Jetzt streitet euch nicht«, meine Mutter rollt die Augen.

Ich sage zu ihr: »Sei doch nicht so nervös.« Das sagt mein Vater auch immer zu ihr. Sie reagiert nicht darauf, sondern fragt Thorsten, wo denn die Zigaretten seien. Thorsten zündet eine an und reicht sie meiner Mutter über den Tisch. Die beiden starren sich an.

»Was ist jetzt«, frage ich, ich will nach Hause. Niemand antwortet mir. Es klingelt. Thorsten gibt Hanna die Gabel in die Hand und geht zur Tür. Ein Freund von Thorsten ist gekommen. Meine Mutter, der Freund und Thorsten stehen im Flur und sprechen leise miteinander. Überraschungen sind doof, ganz doof, ganz ganz doof. Das sage ich auch zu meiner Mutter, als sie wieder in die Küche kommt.

»Jetzt eßt erst mal, und dann gehen wir los.«

Ich kaue auf dem Reis und den Erbsen, wälze sie einzeln auf der Zunge, bis meine Mutter mich anschreit, ich solle mich mal normal benehmen, das sei unmöglich. Ihre Stimme dehnt sich seltsam auseinander, wie bei unserem Plattenspieler, als Peter und der Wolf immer tiefere Stimmen bekamen und mein Vater sagte, daß der Motor nicht mehr schnell genug laufe. Hanna hat auch so eine tiefe Stimme. Sie hat den Kopf vor sich auf die Arme gelegt und tut so, als schlafe sie. Ich muß gähnen.

»Hanna«, sage ich, und meine Zunge ist ganz schwer. Thorsten sieht aus wie in einem Spiegelkabinett. Da waren wir in Treptow, mit der Achterbahn, und Thorsten hatte da auch schon so ein doofes Lachen, echt doof, richtig doof. Ich schiebe den Teller zur Seite und lege meinen Kopf auf den Tisch, die Haare meiner Mutter hängen mir ins Gesicht. Sie wogen langsam auf und ab. Ich spüre den Arm meiner Mutter, sie nimmt mich hoch, sie wird mich in Thorstens Bett tragen, da will ich nicht schlafen. Aber sie trägt mich einfach weiter und meine Zunge ist so ein Klumpen, daß ich ihr gar nicht sagen kann, wie doof ich das finde, und auch weinen kann ich nicht, weil meine Augen so schwer sind.

Die Luft ist stickig, es riecht nach Zigarette und ist dunkel. Es brummt und schuckelt. Ich versuche etwas zu erkennen. Auf meiner Brust liegt etwas Schweres, ich greife danach, es ist Hannas Arm, sie schläft noch. Vorne höre ich die Stimme meiner Mutter, sie sagt, wir müßten jetzt links abbiegen. Mir wird vom Autofahren leicht schlecht. Ich wußte gar nicht, daß Thorsten ein Auto hat. Ich mache die Augen wieder zu. Das ist gut, denke ich, dann kann er uns jetzt abends immer nach Hause fahren, auch wenn keine U-Bahn mehr fährt.

Der Regen plattert auf das Autodach, ich sehe einen kleinen reißenden Strom über das Fenster fließen. Jedesmal wenn ein anderes Auto an uns vorbeifährt, zischt es.

»Ich habe Durst«, sage ich. Meine Mutter dreht sich zu mir um, sie streicht mir über den Kopf.

»Na, bist du wieder wach?« Sie reicht mir eine Flasche nach hinten. In der Flasche ist Brause, ich glaube, Astoria, aber die Flasche sieht anders aus. Ich denke mir, das macht nichts, vielleicht träume ich. Ich finde es seltsam, daß ich im Traum an einen Traum denken könnte. Aber das Kribbeln in meinem Arm macht deutlich, wie wenig ich schlafe. Wenn mein Arm schläft und ich das merke, dann kann ich schlecht selbst schlafen.

»Mir ist schlecht«, sage ich zu meiner Mutter.

»Ach, das geht vorbei.« Sie streicht mir wieder über die Stirn, als wäre ich krank. Thorsten schaut über seine Schulter und fragt: »Na, ausgeschlafen?«

Ausgeschlafen? Ich kneife meine Augen zu und mache sie erst wieder auf, als ich mir sicher bin, daß Thorsten nicht mehr nach hinten schaut.

»Wann sind wir zu Hause?« möchte ich wissen. Meine Mutter läßt meine Stirn nicht los.

»Wann sind wir denn zu Hause?« Ich drücke die Hand meiner Mutter weg, sie soll mir endlich antworten.

»Wie spät ist es?« fragt meine Mutter.

»Halb fünf.« Thorsten zündet sich eine Zigarette an.

»Wir brauchen noch ein bißchen, schlaf einfach, ja?« Meine Mutter stellt sich das einfach vor. Wir fahren jetzt durch Straßen, ich sehe die Laternen draußen vorbeikommen. An einer Ampel halten wir. Es gibt gelbe Straßenschilder, und ich versuche zu lesen, was auf den Schildern steht. Tempelhof, Marienfelde. Keine Ahnung, wo das sein soll. Ich mache meine Augen zu und versuche zu schlafen, mir ist schlecht. Ich spüre meinen Magen, richte mich wieder auf und muß brechen. Meine Mutter hat noch versucht, ihre Hände aufzuhalten, aber das meiste ist zwischen die beiden Vordersitze geraten. Ich weine, weil die Säure ekelig im Mund schmeckt. Meine Mutter gibt mir wieder die Brause und fragt, ob ich nicht mein blaues Halstuch abmachen wolle, mit dem könne ich mich saubermachen.

»Spinnst du?« sage ich zu meiner Mutter, das ist doch mein Pioniertuch, aber meiner Mutter sind Pioniertücher offenbar egal, so egal wie der Erste Mai und die Tatsache, daß mein Vater sich schon Sorgen machen wird, wo wir bleiben.

Mir nichts, dir nichts

Es klingelt zweimal kurz hintereinander. Vielleicht ist es der Postbote oder die Müllabfuhr, ich drehe den Wasserhahn zu, gehe zum Fenster und schaue hinunter auf die Straße, weit und breit kein Müllwagen und auch kein Briefträger zu sehen, es klingelt wieder, meine Haare sind in Unordnung, ich ziehe ein Hemd über den Kopf, noch hatte ich keine Zeit zu duschen, mir die Nacht vom Körper zu waschen, schon höre ich ein Klopfen, ziehe den Rock über, der auf dem Küchenboden liegengeblieben ist, es wird Paul sein, der zurückkommt, weil er etwas vergessen hat, sein Feuerzeug oder ein Kleidungsstück, vielleicht ist ihm auf der Straße eingefallen, daß er mich wiedersehen muß, sofort, daß er meine Lippen vermißt und meine Hände, das Klopfen an der Tür wird dringend, vielleicht umfängt ihn noch mein Geruch wie seiner mich, erträgt er den Anblick der vielen fremden Menschen in der U-Bahn nicht, die Vorstellung, daß in seinem Büro nur die tägliche Post wartet, und er hat es sich anders überlegt, er möchte den ganzen Tag mit mir zusammen sein. Ich reiße die Tür auf.

Draußen steht Emily, eine Plastiktüte in der einen Hand, eine Zigarette in der anderen.

»Hallo, ich hoffe, ich stör dich nicht?«

»Hast du …?« Um ein Haar hätte ich gefragt, ob sie Paul noch auf der Straße getroffen hat, aber ich beiße mir auf die Zunge, weil ich uns nicht verraten möchte und weil ich weiß, daß Emily hier nicht stünde, wenn sie ihm begegnet wäre. Sie tritt von einem Bein aufs andere, die Hand mit der Zigarette hält sie gekrümmt, als müsse sie die Glut vor einem Sturm in meinem Treppenhaus schützen.

»Hab ich was?« Fragend schaut sie mich an.

»Hast du geweint?« Ich zögere, Emily in den Arm zu nehmen.

»Paul war die ganze Nacht nicht zu Hause«, ihre Stimme ist leise, »ich hab vor seiner Tür gewartet, aber er ist nicht gekommen.« Emily schluckt, sie drückt die Zigarette an der Wand des Treppenflurs aus, sie hat keine Zeit, mein Zögern zu bemerken, stürzt auf mich zu, schluchzt und klammert sich an mich, und ich weiß nicht, wie fest ich sie halten soll. Sie zerrt an mir, zerrt an meinem Hemd, ich streiche ihr durch die kurzen, klebrigen Haare, das Hemd rutscht mir von der Schulter, ihre Haare kitzeln, die Wange drückt sich an meine nackte Schulter, der Rauch kriecht zu mir, ihr Schluchzen wird leise, immer leiser, so leise, daß ich es nur noch unter meinen Händen fühlen kann, ich spüre ihre Tränen über meine Brust rinnen. Paul hat mich dort geküßt, er hat mich gestreichelt, und seine Lippen haben mit meiner Haut geflüstert. Wir hatten Emily vergessen. Emily würde ihn riechen können, sie würde ihn riechen müssen, seine Spuren an mir entdecken, ihnen folgen, Kuß um Kuß, seine Gegenwart auf meiner Haut wittern. Emily drückt mir ihr Gesicht an den Hals, ich spüre ihren

Atem, ein Schnüffeln, ein Schniefen, und sie legt meine Haare zur Seite, wendet sie, wie man einen Stein wendet, unter dem sich ein Nest von Asseln und Würmern befindet, und während die Asseln zu neuen Verstecken krabbeln, mit feinen Beinchen ihren noch frischen oder schon rauhen Panzer in Sicherheit bringen, dem plötzlichen Lichteinfall entfliehen, krümmen sich die Würmer ohne Richtung, winden ihre nackten, lichtempfindlichen Körper, stoßen mit Kopf und Schwanz zugleich in die Erde. Emilys Atem steht, ich drücke sie an mich, damit sie das Atmen nicht vergißt, sie wird Paul unter meinen Haaren riechen, seine Nacktheit, seine Lust – ein Verlangen, das vor wenigen Wochen noch ihr galt, vielleicht, vielleicht noch nie, sie wird ahnen, wie wir uns gewunden haben, wie unsere Körper sich ineinanderbeißen, wie Paul sein Gesicht in meine Haare preßt, ich meine Beine um seinen Körper schlinge, es würde ihr Ekel bereiten – wie der Blick unter einen von der Sonne gewärmten Stein, und ich müßte ihren Ekel ertragen, zuerst, und später ihr Weinen. Emily reibt ihren Kopf an meinem Hals. Ihr Haargel duftet nach Zitrone, es schmiert an mir mit jeder Berührung, am Hals, an meiner Schulter, meinen Haaren – meine Hände sind fettig davon, Emily schüttelt sich, ich spüre ihren Schmerz unter meinen Händen. Aber sie sagt nichts. Und ich beruhige mich, denke mir, daß ihre Nase geschwollen sein wird, daß sie Paul an mir nicht riechen und erst recht nichts wissen kann.

Ich schließe die Tür hinter Emily, mein Blick fällt auf die Schuhe, die am Boden liegen, zwischen denen sich bis eben noch seine befanden. Mit den Augen suche ich den Raum ab – eine Sonnenbrille, ein Feuerzeug, ein Gegenstand, der mir nicht auffällt, aber ihr – ob es die Spur seiner Anwesenheit gibt. Wir gehen an der Tür zum Schlafzimmer vorbei, und meine Hand macht eine unbestimmte Bewegung. Emily faßt meine Hand, ihre Haut klebt an meiner, und sie drückt ihre knochigen kleinen Finger zu, als wolle sie sich meiner versichern, doch meine Hand bleibt reglos in ihrer. Ich gehe Emily voraus in das große Zimmer. Auf dem Tisch steht die Teekanne und daneben eine Tasse, die noch lauwarm sein muß. Ich versuche die zweite Tasse zu entdecken, seine, oder meine, die einer von uns benutzt und irgendwo abgestellt haben wird. Sie steht auf dem Boden neben dem Teppich, und unweit davon liegt ein roter Schnipsel. Es dauert eine Sekunde, bis ich weiß, daß er von der Kondomverpackung stammt. Ich mache einen großen Schritt zur Seite, stelle meinen nackten Fuß auf den Schnipsel und drehe mich zu Emily um. Sie wirft gerade einen Blick in ihre Plastiktüte, vielleicht sucht sie ein Taschentuch, findet aber nichts und legt die Tüte auf den Tisch.

»Du hast deine Tanzschuhe hier vergessen.« Ich zeige auf den Beutel, den ich an die Klinke der Zimmertür gehängt habe.

»Nicht so schlimm, ich hab noch welche an der Oper.« Emily läßt sich in den Sessel fallen, sie stützt das Gesicht in die Hände. Sie hört mit dem Weinen nicht auf. Ich bücke mich, der Schnipsel klebt an meiner Fußsohle, ich ziehe ihn ab und hebe ihn zusammen mit der Tasse auf, ich mache, daß ich an Emily vorbeikomme, die noch immer nicht aufschaut, eine Hand krallt sich an meinem Rock fest, ihre kleine knochige Hand, der Rock rutscht, wenn sie weiter so zieht, sieht sie, daß ich nichts darunter anhabe, denke ich und frage sie, ob sie einen Tee trinken will. Emily nickt. Ihre Nägel bohren sich in meinen

Schenkel. »Ich weiß, daß du ihn nicht magst, ich weiß, ich weiß, du hast ihn von Anfang an nicht gemocht.« Sie schluchzt, und ich erinnere mich. Ich mache ihre Hand von meinem Rock los. »Schwarz oder grün?«

»Weiß nicht.« Sie schluchzt.

Ich möchte mir die Ohren zuhalten.

In der Küche setze ich Wasser auf und hebe dabei den Arm, ich prüfe, wie mein Schweiß riecht. Paul hat eine selbstgefällige Art, mit mir und Emily spazieren und essen zu gehen. Er gehört zu den Männern, die schon mit zwanzig von Cubareisen Zigarren mitbringen. Ich bin sicher, daß er ihren Geschmack im Spiegel überprüft hat. Ich bin auch sicher, daß er erst nach Emilys Tanzauftritt und in den Augen anderer Männer erkannt hat, daß es sich bei Emily um einen begehrenswerten Menschen handelt. Nicht, weil Emily häßlich wäre, sondern weil Paul zu der Sorte Menschen gehört, die keine eigene Liebe entwickeln können. Ihnen fehlt der Geschmack und der Geruchssinn dafür. Natürlich habe ich Paul nicht gemocht, und im Grunde hasse ich ihn noch immer, das macht den Sex so gut. Auch mich hat er nicht allein entdeckt, Emily hat mich für ihn entdeckt, sie war es, die uns wieder und wieder zusammengebracht hat. Wie ein Scanner hat er mich von oben bis unten abgesucht, hat nachgespürt, was mich zur besten Freundin der besten Tänzerin macht, und ich bin ihm eines Tages entgegengekommen, einfach so, auf der Straße, und habe ihm gesagt, er solle mir folgen. Er gehorchte, dankbar, daß ich mehr zu wissen schien als er. Mein Schweiß riecht nach so einer Begegnung. Emily wird Paul darin nicht erkennen. Gefaßt kehre ich mit dem Tee zurück. Nachdem ich ihr ein Taschentuch gegeben habe, setze ich mich auf die Lehne des Sessels und lege einen Arm um Emilys Schulter. Ein Häuflein Elend, denke ich, als ich ihren schmalen Rücken und die zierlichen Schultern sehe. Ich streiche ihr über den Haaransatz im Nacken, die Haut schimmert, sie ist übersät von hellen und dunklen Leberflecken, der Zitronenduft läßt mich würgen, ich kann das Weiß ihrer Schulterblätter sehen, und selbst diese Knochen erscheinen mir plötzlich zerbrechlich. Dann hocke ich mich vor sie auf den Boden und spreche sie an. »Emily«, sage ich, »Emily«, ich versuche ihre Hände zu halten, die zittern, mein Blick fällt auf ihre rosa Plastiksandalen, ihre Füße sind dreckig, der Lack ist von den Nägeln geplatzt, und ich frage mich, wie lange sie wohl schon in diesen Schuhen nach Paul sucht. Emily starrt in Richtung ihrer Knie, sieht aber weit durch sie hindurch, wahrscheinlich zu Paul und dem Ort, an dem er sich womöglich aufhält, wenn er – wie letzte Nacht – nicht bei ihr und auch nicht bei sich zu Hause ist.

Ich gieße Emily Tee ein.

»Danke«, flüstert Emily, »du bist so lieb zu mir.« Sie spitzt ihre Lippen, um sich am Tee nicht zu verbrühen, sie hält die Tasse dicht vor ihren Mund, trinkt aber nicht, sondern sieht mich an. Ratlos? Fragend? Sie sieht mich einfach an.

»Ich kann ja keinen zwingen, mich zu lieben«, sagt Emily, klar und ohne jedes Zittern. Ihre Stimme klingt so fest, als habe sie eine Lösung für etwas gefunden, für die Preisfrage einer Quizsendung oder für ihr Dasein, eine Formel, ein Satz, in dem sie mehr Klarheit fühlt als in allen Tränen oder im Warten vor Pauls Wohnungstür.

Ich nicke. Emilys Augen sehen wie gewaschen aus. Fast

durchsichtig, außer den schwarzen, kleinen Pupillen. Ihr Blick macht mich unsicher.

»Nein,« stimme ich ihr zu, »das kannst du nicht.«

Sie nimmt einen Schluck Tee und stellt die Tasse neben meine auf den Tisch.

Ich habe keine Lust, darüber nachzudenken, warum Paul sie nicht liebt. Ich will auch nicht, daß sie es tut.

»Ich hab ihn gefragt, und er hat einfach nein gesagt«, Emily nimmt einen Schluck aus ihrer Tasse. Ihre Beharrlichkeit schmerzt. Sie hat Gänsehaut an den Beinen. »Ist dir kalt?« Emily schüttelt den Kopf, faßt mit einer Hand unter sich und zieht etwas hervor. Sie lächelt ein wenig, sagt, darauf sitze sie schon die ganze Zeit. Wir schauen beide. Ich nehme ihr meinen Slip aus der Hand und spüre ihren Blick. Vielleicht wundert sie sich, warum ich meine Unterwäsche hier rumliegen lasse. Soll sie sich wundern. Es geht sie nichts an. Ich starre auf ihren Bauch. Ich frage mich, seit wann sie einen Ring im Nabel trägt. Es kann kaum länger als ein paar Wochen sein, vorher wäre es mir aufgefallen, beim Schwimmen oder wenn sie mal bei mir schlief.

Emily versucht sich unter meinem Blick das enge Oberteil über den flachen Bauch zu ziehen. Soviel Schmuck für niemand. Ihre Hände sehen aus, als hätten sie tagelang in Eiswasser gelegen, rot sind sie, und an den Gelenken drücken sich die Knochen durch die Haut. Die Adern treten hervor. Sie zerrt an dem Stoff, fast erscheinen ihre kleinen Brustspitzen im Ausschnitt, die Haut ist dort fleckig.

»Schrecklich, so ein Top.« Die roten Flecken wandern über Emilys Hals bis in ihr Gesicht, sie läßt den Stoff los, er zieht sich zusammen, rollt sich unter den Brüsten ein wenig ein und läßt den Bauch wieder sehen. Ihre Hände bedecken den Bauch und den Nabel mit dem Ring. »Ich schäm mich damit, heute. Gestern hab ich mich noch nicht geschämt, aber heute.« Ihr Hals ist jetzt ganz rot. »Hast du etwas für mich? Irgendwas, das ich drüberziehen könnte?« Sie sieht mich aus ihren gewaschenen Augen an. Ich kann nicht nein sagen. Sie kratzt sich die nackten Beine. An einigen Stellen muß sie geblutet haben. Über dem Stuhl hängt ein Pullover. Pullover stünden mir nicht, hat Paul behauptet, keiner schönen Frau stehe so was, hat er gewußt und ihn mir gestern abend über den Kopf gezogen. Ich solle nackt sein, wenn er komme. Wenn wir uns nicht angefaßt hätten, wäre ich in Lachen ausgebrochen. Ich reiche Emily den Pullover.

»Und für unten auch?« fragt sie, als sie den Pullover anzieht.

Ich gehe nachsehen und bringe ihr eine Jeans. Emily steht in Unterhose vor mir. Ein String-Tanga für Paul. Sie sieht aus wie ein verhungertes Kind, wie eine vom Kinderstrich mit ihren rosa Plateausandalen aus Plastik, mit den blondierten, fettigen Haaren, mit den roten Flecken und der Gänsehaut, ihre Hüften sind so schmal wie die eines Knaben, aber ich habe kein Mitleid, nur wundere ich mich, darüber, daß ich kein Mitleid habe und daß ich sie mal schön fand, und daß ich mich heute zum ersten Mal frage, wie Paul diese Hüften und Beine berührt und dabei Lust empfunden haben kann. Wir haben uns mal gestreichelt, Emily und ich. Es ist ein paar Jahre her, vielleicht war es Sommer, vielleicht auf einem Campingplatz, vielleicht in einem Zelt, vielleicht war es in der Mittagshitze und

Kondenswasser tropfte auf uns herab, ich erinnere mich, wie erschrocken ich über die Glätte ihrer Haut war, wie befremdlich und zugleich anziehend mir ihre Brüste und der zierliche Rücken erschienen waren.

»Was ist? Warum siehst du mich so an?« Emily zieht mit beiden Händen an dem Pullover und zieht ihn weiter über Hüfte und Po.

»Nichts, ich war in Gedanken. Mir ist gerade eingefallen, daß ich noch einkaufen muß.«

Emily schnappt nach Luft. »Was willst du denn einkaufen? Kann ich mitkommen? Ich meine, ich kann jetzt nicht allein sein, wirklich nicht.«

Ich nicke, sie nimmt mir die Jeans aus der Hand, der Pullover rutscht wieder hoch, ihr Hintern ist so klein, daß er in eine Hand passen würde. Auch ihre Hüften habe ich gestreichelt und dann den Hintern angefaßt. Ich mußte ihren Mund ansehen, der in einem seltsamen Gegensatz zu dem zierlichen Körper stand, die volle Oberlippe wölbte sich ein wenig vor, ich näherte mich ihren Lippen und wollte sie küssen, aber Emily hatte die Augen geschlossen, sie sah sehr ernst aus, sie streichelte gleichförmig über meine Taille, hin und her, ohne auch nur eine winzige Verzögerung, ohne Aufenthalt und Beschleunigung, mechanisch. Deshalb habe ich aufgehört, sie zu berühren.

Meine Jeans sind ihr zu weit, aber das macht nichts, sie trägt sie mit Gürtel. Sie schnaubt sich die Nase, ich stehe auf und lege Randy Newman auf, Emily nimmt sich ein neues Taschentuch, ich sehe weg, kann ihren Anblick nicht ertragen, ihre Gegenwart tut mir weh, die geschwollene Nase, ihre verquollenen Augen, der zerstörte Blick, mit dem sie mir mitten ins Gesicht sieht. Meine Haut juckt. Ich schaffe es nicht, ihr zu sagen, daß sie gehen soll. Umsonst bemühe ich mich um einen milden Gesichtsausdruck.

»Ich wollte runter zum Markt.« Ich schiebe den Aschenbecher zu ihr hin, ich fürchte, daß sie gleich auf den Boden ascht oder sich zu weit zu mir herüberlehnt.

»Schön, gehen wir zum Markt.« Ihre Asche fällt zu Boden, sie versucht ein Lächeln und zieht an der Zigarette.

»Ich muß später noch zu meiner Schwester«, lüge ich weiter.

»Gut, ich komm mit«, sagt Emily.

»Naja, sicher ist das noch nicht – laß uns erst mal losgehen.« Ich schlüpfe in meine Schuhe und öffne schon mal die Tür.

Emily nimmt den Beutel mit ihren Tanzschuhen und die Plastiktüte: »Ich bin soweit.«

»Sag mal, was hast'n in der Tüte?«

Emily schaut in die Tüte, als müsse sie sich erst vergewissern, was sie da herumschleppt. »Ein paar Strümpfe, die hat er vergessen, und meine Zahnbürste – ich dachte, ich würde heut nacht bei ihm bleiben. Ich hab ein Geschenk für ihn ...«

»Was?«

»Na, vielleicht braucht er die Strümpfe ...«

Ich sehe Emily fragend an.

»Er hat heute Geburtstag«, ergänzt sie.

»Und dafür braucht er Strümpfe?« Ich wußte von keinem Geburtstag.

In der schlabbrigen Jeans sieht Emily nicht mehr wie eine Straßenhure aus, sondern wie eine Jugendliche, die vor ihren Eltern bis zum Eingang eines U-Bahnhofs geflüchtet ist, dort ihr Lager aufschlägt und bettelt. Fehlt nur noch der Hund, denke ich und laufe hinter ihr die Treppe runter.

Vor der Haustür dreht sich Emily um:»Wirklich, ein Glück, daß du da warst. Ich hätte sonst nicht gewußt, wohin mit mir.« Wieder fühle ich die süße Scham, statt einer Antwort streiche ich ihr freundschaftlich durch das zitronenfettige Haar. Auf der Straße greift Emily nach meiner Hand.

»Schau mal«, rufe ich, reiße mich von ihrer Hand los, überquere die Straße und zeige in den dreckigen Kanal. Dort schwimmt ein Schwan mit seinen Jungen. Ich höre Emilys Schritte hinter mir, sie stellt sich dicht neben mich ans Geländer, unsere nackten Schultern berühren sich.

»Was glaubst du, bei wem hat Paul übernachtet?«

Sie hält ihr Gesicht so dicht vor meines, daß ich einen Schritt zurücktrete. Ich zucke mit den Schultern,»weiß nicht«, sage ich, den Blick auf die Schwäne gerichtet,»ich kenn ihn doch kaum.«

Emily folgt meinem Blick. Aus der Ferne höre ich eine Glocke.»Komm, wir müssen, die bauen gleich ab.«

Nach wenigen Schritten greift Emily wieder nach meiner Hand, sie macht das von hinten und unten, so daß ich das Gefühl bekomme, ich hielte sie. Paul greift nicht als erstes nach meiner Hand, auch nicht zwischen meine Beine, er streichelt meinen Bauch, anfangs wie den einer Katze, er krault mich von den Seiten her, mein Verdacht, er könne das nur gelernt haben, meine nicht mich, sondern die beste Freundin der besten Tänzerin, weicht der Berührung, dann beginnt er zwischen den Brüsten und tastet sich vor und zurück, er streicht über die Leisten, links und rechts, rund um den Nabel, in seinen Augen sehe ich den Mutwillen, den Betrug, mit dem er meinen erwidert, er küßt auch meinen Nabel, er leckt die Leisten entlang.

»Ich bin sicher, daß Paul jemand Neues hat«, unterbricht mich Emily, ihre Hand drückt noch fester zu.

»Kannst du nicht mal an was andres denken?«

Ihre Hand wird weich in meiner. Emily läuft gesenkten Kopfes neben mir her. Paul sagt, er fühle sich mit mir wie ein Hund, aber ich glaube nicht, daß er sich wie ein Hund vorkommt, weil er mit Emilys bester Freundin ins Bett geht. Genau weiß ich es nicht, ich hätte ihn fragen können, aber ich frage ihn nichts. Vielleicht fühlt er sich so, weil ich ihm als Hündin erscheine. Nicht er ist derjenige, der nur lieben kann, was bereits geliebt wird – ich brauchte Emily, um mit Paul zu schlafen. Paul meint unsere Bewegungen, beschließe ich. Er glaubt, ich verlange nur eine Hundeliebe, nicht das vernünftige, das große menschliche Fühlen voll Treue und Moral.

»Was für'n Geschenk hast du denn?«

Emily lächelt kurz. Ihre Hand wird einen Augenblick locker, aber sie läßt nicht los. Mit der anderen hält sie die Tüte hoch.

»Eine Torte, Himbeer-Sahne, selbst gemacht. Meine allererste Torte. Das war Arbeit. Ich mußte zweimal Sahne schlagen, weil sie beim ersten Mal flockig war, Butter. Den ganzen Tag hab ich in der Küche gestanden – und dann die Nacht mit dem Ding vor seiner Tür gesessen …« Emily versucht, über sich selbst zu lachen. Ihre Hand klebt fest in meiner.

Ich frage mich, was Emily von ihm verlangt hat, womit sie ihn in die Flucht geschlagen hat. Paul leckt mich am ganzen Körper, ich lecke ihn, beiße ihn, daß er die Bisse noch an den Oberarmen spürt, wenn er wenig später auf seinen Monitor schaut, Explorer, Photoshop, Papierkorb, und immer noch mich sieht.

»Ich weiß nicht, wie ich aufhören soll, an Paul zu denken.« Da ist wieder die Klarheit in Emilys Stimme, diese Festigkeit. Die Distanz zwischen ihrer Stimme und ihrem Blick ist groß.

»Laß es einfach«, befehle ich, »denk an eine schöne Reise, an ein gutes Essen, hör auf, von ihm zu sprechen.«

»Du kannst ihn nicht leiden.«

»Ich kenn ihn doch kaum, Emily.« Ich werde ungehalten und lasse ihre Hand fallen.

»Aber du hast ihn doch ein paarmal erlebt. Du hast am Anfang auch gemeint, daß er gut aussieht, daß er schöne Ohren hat …«

»Weiß ich nicht mehr, keine Ahnung. Hör auf, von ihm zu sprechen, Emily.«

Paul hat mich gewarnt. Er hat gesagt, wenn Emily etwas erführe, dann würde sie sterben. Ich lachte, als er das sagte, und er bohrte mir den Zeigefinger in die Brust. Sie dürfe nichts erfahren, vorerst nicht. Mir ist im Augenblick egal, ob Emily stirbt. Ich finde, die beiden übertreiben. Gestern war Emily vielleicht noch meine Freundin, heute ist Paul mein Freund, wenigstens mein Geliebter. Das Große zwischen ihnen war mir von Anfang an unerträglich. Ich möchte Emily loswerden und Paul wiedersehen. Kurz vor der Brücke steht eine Telefonzelle.

»Wart mal kurz«, sage ich zu Emily, »ich muß meine Schwester anrufen.«

»Jetzt?«

Ich antworte ihr nicht, lasse sie einfach draußen stehen,

ziehe die Tür zu und wähle. Ich höre das Klingeln und beobachte, wie Emily in ihrer Plastiktüte wühlt, schließlich die Zigarettenschachtel zum Vorschein bringt und sich eine anzündet. Abwartend schaut sie zu mir in die Zelle.

»Ja?«

»Ich stehe in einer Telefonzelle am Kanal und draußen steht Emily.«

»Ja?«

»Sie hat dich die ganze Nacht gesucht.«

»Hast du ihr was gesagt?«

»Wie kommst du darauf? Ich weiß nicht, wohin mit ihr.«

»Da siehst du mal, wie es mir geht.«

»Ich lache.«

Wir schweigen. Ich fahre mir mit dem Fingernagel durch die kleine Zahnlücke.

»Bist du noch dran?« fragt er.

»Ja.«

»Willst du vorbeikommen?«

Die Tür geht auf. Emily steckt ihre Nase herein, Qualm steigt in meine Augen. Meine Stimme klingt hoch.

»Natürlich will ich. Das weißt du.«

Emily sieht mich fragend an, ich drehe ihr den Rücken zu.

»Meine Hand riecht noch nach dir.«

»Was?«

»Meine Hand.« Ich höre, wie Paul an seiner Hand riecht. Emily schlingt mir den Arm um die Taille und drückt den Kopf gegen meinen Rücken. Ich kann ihm nicht antworten.

108 »Warum bist du so still?«

Ich schweige.

»Bist du noch dran?«

Ich presse den Hörer ans Ohr, damit Emily nicht seine Stimme erkennt.

»Hallo?«

»Ja.« Emily drückt meinen Schenkel zur Seite und stellt ihre Torte auf die schmale Ablage in Kniehöhe. Ein säuerlicher Geruch breitet sich aus. »Soll ich was mitbringen, magst du Kuchen?«

»Nicht nötig, mit süßen Sachen kannst du mich jagen – ich freu mich auf dich.«

»Ich mich auch.« Ich beiße mir auf die Lippe.

»Wie lang brauchst du denn noch mit Emily?«

»Nicht mehr so lange.«

»Ich warte auf dich.«

»Dann gegen vier.«

»Vier?« höre ich ihn noch fragen, aber ich drücke auf die Gabel. Ich schiebe Emily aus der Zelle.

»Was sagt sie?«

»Wer?«

»Na, deine Schwester?«

»Sie ist krank.«

»Krank?«

Auf dem Markt sind mir zu viele Leute, ich schlage Emily vor, in die Brückenklause zu gehen.

Jedes Mal, wenn die Tür aufgeht, schaut Emily hoch. Sie trinkt Alsterwasser und raucht eine nach der anderen. Ich rede nicht mit ihr. Sie schweigt rücksichtsvoll, bis ich nach dem Kellner winke. Ich möchte zahlen.

»Ich glaube, ich hab in letzter Zeit vor allem an mich gedacht.« Sie greift über den Tisch nach meiner Hand, sie sieht
mich aus ihren hellen Augen an, und ich glaube, in dem rechten Augenwinkel eine Träne zu erkennen. Ich sehe zur Tür.
»Am liebsten wär ich weg, weißt du, einfach weg. Es ist
so anstrengend, durch die Gegend zu laufen. Unauffällig
verschwinden, das wär das beste. Wenn Selbstmord nicht so
kitschig wäre. Es tut mir leid, weißt du, die ganze Sache mit
Paul ...«

»Die interessiert mich nicht«, ich blicke ihr hart in die
Augen, »vielleicht erlebe ich auch Sachen, ja? Denkst du
manchmal so weit?«

»Doch, sicher.« Ihre Hand schwitzt auf meiner.

Ich nehme ihr meine Hand weg. »Laß endlich meine Hand
los, Emily, wirklich.« Ich überlege einen Augenblick – ich
könnte ihr sagen, wie es ist, mit Paul zu schlafen. Über der Bar
hängt eine große Uhr. Es ist kurz vor vier. Der Kellner kommt,
er stößt aus Versehen gegen Emilys halbvolles Glas. Tausend
kleine Scherben. Emily springt auf. Der Kellner möchte helfen.
Er stammelt herum, Emily wischt sich das Alster von den Händen und klopft sich auf die nassen Hosenbeine. Mich überkommt Mitgefühl. Ich lege ihr eine Hand auf die Schulter. Ihr
Rücken ist naß, aber nicht vom Alster, eher von ihrem Schweiß,
vom Schrecken, von der Sonne, von der durchwachten Nacht,
ich packe fester zu, ziehe sie zu mir heran, trotz des Zitronen-
duftes, für einen Augenblick ist sie meine Freundin, die, mit der
ich alles teile, für die ich immer da bin. Ich drücke sie an mich,
fahre den Kellner an, er könne sich wenigstens entschuldigen.
Und der Kellner gehorcht. Aber Emily hat mich nicht nötig.

Ihre Augen leuchten, sie steht aufrecht da und sieht mich an: »Ich gehe jetzt zu Paul, ich bringe ihm mein Geschenk.«

Ich weiß nicht, was ich sagen soll, ich setze mich hin, Emily zündet sich eine Zigarette an und schaut zu mir herunter. Sie bläst den Rauch durch die Nase.

»Ich hab die letzte Nacht mit jemandem verbracht, Emily, deshalb bin ich, naja, so abwesend.«

Emily lächelt mich freundschaftlich an, abwartend und neugierig, ich glaube, sie denkt, jetzt sei alles zwischen uns endlich wieder gut. »Du hast dich verliebt?«

»Ich rede nicht von Liebe, Emily, es muß doch nicht immer gleich alles Liebe sein.«

Ich kann mit Emily nicht weitersprechen, von mir aus soll sie sterben. Der Lichteinfall soll sie lähmen, soll sie töten. Weichtier. Sie soll mich nur in Ruhe lassen, ich möchte ihre Freundschaft nicht. Emily zieht ihre Jacke an. Gleich wird sie mir einen Kuß auf die Wange hauchen. Ich beobachte die Tür, sie geht auf und zu, Menschen kommen herein. Ich kann nicht mit Emily um die Wette zu Paul laufen.

Deutschsprachige Literatur bei DuMont

JULIA FRANCK
LIEBEDIENER
Roman, 238 Seiten, gebunden, 1999

Als Beyla aus ihrer Berliner Kellerwohnung auf die Straße tritt, sieht sie ein rotes Auto starten. Und daneben ihre Nachbarin Charlotte, die vor Schreck einer Straßenbahn vor die Räder springt. Auf Charlottes Beerdigung glaubt Beyla, den Fahrer des roten Wagens wiederzuerkennen.
Was Julia Franck aus diesen Anfangsbildern entwickelt, ist eine Dreiecksgeschichte zu zweit. Beyla lebt Charlottes Leben weiter: Sie bezieht die freigewordene Wohnung, beherbergt Charlottes Besuch und verliebt sich wie die Verunglückte in Albert, dessen Klavierspiel durch die Zimmerdecke zu ihr dringt. Ihre Wünsche werden erfüllt – Beyla genießt ihr unverhofftes Glück und die Ausflüge in Alberts rotem Auto. Bis ihr Liebhaber seltsam erotische Geschichten erzählt, von denen Beyla nicht weiß, ob sie wirklich nur seiner Phantasie entspringen.

»*Liebediener* ist womöglich *die* Liebesgeschichte der neunziger Jahre. So liebt und haßt man nur bei Julia Franck.«

Süddeutsche Zeitung

ARNOLD STADLER
EIN HINREISSENDER SCHROTTHÄNDLER
Roman, 237 Seiten, gebunden, 1999

Hinreissender Besuch steht vor der Tür: Adrian, ein junger Mann in
Adidas-Hose. Dem frühpensionierten Geschichtslehrer und »pro-
movierten Träumer« und seiner Gattin Gabi, der hanseatischen
Handchirurgin, kommt die Erkenntnis, daß es vielleicht zu spät ist,
noch einmal bei Adam und Eva zu beginnen.
»Liebst du mich?«
»Bevor du fragtest wußte ich es noch.«
Im sprachwitzigen und satirischen ›Stadler-Ton‹ wird uns aus einer
Ehe, der »krisengeschüttelten Branche« schlechthin, erzählt. Liebt
Gabi den Schrotthändler und nicht mehr ihn? Und liebte er sie auch
nicht mehr, sondern vielleicht ebenfalls den Schrotthändler? »Eine
Ehe auf Sandwich-Basis?« Mit der Rückkehr an den Schauplatz der
Hochzeitsnacht werden die »königsblonde« Rosemarie, die erste
Liebe, genauso wie die Sehnsucht nach der fast vergessenen Kind-
heit und der oberschwäbischen Heimat im »Hinterland« wieder
lebendig.

ARNOLD STADLER IST TRÄGER DES GEORG-BÜCHNER-PREISES 1999

»Stadlers Prosa ist voller Komik und Kalauer, ein Thomas Bernhard
verwandter Verzweiflungsklang, in dem die Liebe zur Welt und der
Ekel vor ihr unablässig miteinander im Kampf liegen. Wie kein
zweiter Autor seiner Generation hat es Stadler in seinen Romanen
verstanden, die Sehnsucht als existentielles Lebensgefühl zu rehabi-
litieren.« Frankfurter Allgemeine Zeitung

JOHN VON DÜFFEL
VOM WASSER
Roman, 288 Seiten, gebunden, 1998

Die dramatische Geschichte einer Papierfabrikantendynastie erzählt uns von einem, der wie magisch angezogen immer wieder zum Wasser zurückkehrt. Vor unseren Augen läßt dieser Mann die Porträts seiner Ahnengalerie auferstehen. Er erinnert sich an die sommerlichen Szenen seiner Kindheit und stellt sich vor, wie es gewesen sein könnte: Damals, als im letzten Jahrhundert der Ururgroßvater auf seinem Landgut zwischen den Flüssen Orpe und Diemel entdeckte, wie sich Wasser in Papier und Papier in Geld verwandeln läßt.

»Der Hauptvorzug dieses Debüts: Es vereint Präzision und Poesie. John von Düffel ist mit seinem Romandebüt ein großer Wurf gelungen. In einer Prosa, die vollständig auf Dialoge verzichtet, die weit ausgreift und erzählerische Bögen zu schlagen weiß, entwirft Düffel Figuren, die im Gedächtnis haften bleiben.«

Frankfurter Allgemeine Zeitung

FÜR *VOM WASSER* ERHIELT JOHN VON DÜFFEL 1998 DEN ASPEKTE-LITERATURPREIS UND 1999 DEN MARA CASSENS PREIS

JOHN VON DÜFFEL
ZEIT DES VERSCHWINDENS
Roman, 205 Seiten, gebunden, 2000

Er wäre gerne »ein Experte in Sachen Abschied«. Abwesenheit bestimmt sein Leben als Geschäftsmann und zerstört das Familienleben. Am Geburtstag seines Sohnes Philipp macht er sich auf zu einer langen Autofahrt nach Hause, um sein Kind zurückzugewinnen. Voller Vatergefühle wünscht er sich »Wiedergutmachung für 365 versäumte Tage ... jeder einzelne unverzeihlich«.
Parallel stellt John von Düffel das Leben von Christina dar, deren Existenz von ihrer Schwester beherrscht wird. »Ich habe mein ganzes Leben im Vergleich mit dir gelebt.« Christina verliert sich und geht »ohne Abschied«, als Lena bei einem Unfall stirbt. »Wenn Geschwister ihre Eltern verlieren, heißen sie Waisen. Wenn sie einander verlieren, gibt es dafür kein Wort.«

Mit angehaltenem Atem spricht John von Düffel in seinem neuen Buch von zwei Menschen, deren Leben sich zuspitzt und verengt, von zwei Lebensgeschichten, die dramatisch zusammenprallen. John von Düffel erzählt mit Einfühlungsvermögen von Unsicherheit und vom Versuch, sich zu behaupten, von der Furcht vor Begegnung und von der Sehnsucht danach.

Literatur bei DuMont

MIRKO BONNÉ. DER JUNGE FORDT.
Roman. 1999, 277 Seiten

JAMES COLTRANE. ORTEGAS FINALE.
Roman. 2000, 239 Seiten

VASILIJ DIMOV.
DIE VIER LEBEN DES HEILIGEN POSSEKEL.
Roman. 1999, 220 Seiten

JOHN VON DÜFFEL.
ZEIT DES VERSCHWINDENS.
Roman. 2000, 205 Seiten

JOHN VON DÜFFEL. VOM WASSER.
Roman. 1998, 288 Seiten

GERHARD FALKNER. ALTE HELDEN.
Schauspiel und deklamatorische Farce. 1998, 60 Seiten

GERHARD FALKNER. DER QUÄLMEISTER.
Nachbürgerliches Trauerspiel. 1998, 90 Seiten

JULIA FRANCK. LIEBEDIENER.
Roman. 1999, 238 Seiten

GUSTAVO MARTÍN GARZO.
DER KLEINE ERBE.
Roman. 1999, 410 Seiten

ALAIN GLUCKSTEIN.
UNSERE GROSSEN MÄNNER.
Roman. 1998, 344 Seiten

GOETHE FÜR ANFÄNGER.
Herausgegeben von Werner Keller, Karina Gómez-Montero,
Ingrid Reul. 1998, 192 Seiten

JEGOR GRAN. IPSO FACTO.
Roman. 1998, 186 Seiten

THOMAS HETTCHE. ANIMATIONEN.
1999, 200 Seiten mit 30 Abbildungen

OSCAR HEYM. KURKONZERT.
Roman. 1998, 246 Seiten

MICHEL HOUELLEBECQ. ELEMENTARTEILCHEN.
Roman. 1999, 360 Seiten

MICHEL HOUELLEBECQ.
DIE WELT ALS SUPERMARKT.
INTERVENTIONEN
Essays. 1999, 120 Seiten

JORGI JATROMANOLAKIS.
BERICHT VON EINEM VORBESTIMMTEN MORD.
Roman. 1998, 268 Seiten

KÖLN, BLICKE. EIN LESEBUCH.
Herausgegeben von Jochen Schimmang. 1998, 369 Seiten

CARLO LUCARELLI. DER GRÜNE LEGUAN.
Roman. 1999, 208 Seiten

JAN LURVINK. WINDLADEN.
Roman. 1998, 190 Seiten

CHRISTIAN MÄHR. SIMON FLIEGT.
Roman. 1998, 266 Seiten

MULTATULI. DIE ABENTEUER DES KLEINEN WALTHER.
Roman. 1999, 958 Seiten

HARUKI MURAKAMI. GEFÄHRLICHE GELIEBTE.
Roman. 2000, 230 Seiten

HARUKI MURAKAMI. MISTER AUFZIEHVOGEL.
Roman. 1998, 684 Seiten

GERT NEUMANN. ANSCHLAG.
Roman. 1999, 240 Seiten

GERT NEUMANN. ELF UHR.
Roman. 1999, 432 Seiten

NULL. LITERATUR IM NETZ.
Herausgegeben von Thomas Hettche und Jana Hensel.
2000, 406 Seiten

SANTO PIAZZESE.
DIE VERBRECHEN IN DER VIA MEDINA-SIDONIA.
Roman. 1998, 372 Seiten

GUNDEGA REPŠE. UNSICHTBARE SCHATTEN.
Roman. 1998, 212 Seiten

ARNE ROSS. FRAU ARLETTE.
Roman. 1999, 176 Seiten

ANDREAS RUMLER. GOETHES LEBENSWEG.
WANDERUNGEN DURCH LEBEN UND WERK.
1999. 350 Seiten mit 80 Abbildungen

GARY SCHWARTZ.
LIEBE EINES KUNSTHÄNDLERS.
Roman. 2000, 287 Seiten

CLAUDE SIMON. GESCHICHTE.
Roman. 1999, 387 Seiten

CLAUDE SIMON. JARDIN DES PLANTES.
Roman. 1998, 368 Seiten

VLADIMIR SOROKIN. NORMA.
Roman. 1999, 380 Seiten

ARNOLD STADLER. EIN HINREISSENDER SCHROTTHÄNDLER.
Roman. 1999, 237 Seiten

ARNOLD STADLER. ERBARMEN MIT DEM SEZIERMESSER.
ÜBER MENSCHEN UND LITERATUR
2000, 195 Seiten

VALÉRIE TONG CUONG. BIG.
Roman. 1999, 310 Seiten

JANETTE TURNER HOSPITAL. OYSTER.
Roman. 1999, 416 Seiten

DIRK VAN WEELDEN. ORVILLES GÄSTE.
Roman. 1999, 290 Seiten

FRANÇOIS WEYERGANS. FRANZ UND FRANÇOIS.
Roman. 1999, 422 Seiten